제비심장

김숨 장편소설

제비심장

펴낸날 2021년 9월 23일

지은이 김숨
펴낸이 이광호
주간 이근혜
편집 방원경 최지인 이민희 조은혜 박선우
펴낸곳 ㈜문학과지성사
등록번호 제1993-000098호
주소 04034 서울 마포구 잔다리로7길 18 (서교동 377-20)
전화 02)338-7224
팩스 02)323-4180(편집) 02)338-7221(영업)
전자우편 moonji@moonji.com
홈페이지 www.moonji.com

ISBN 978-89-320-3905-3 03810

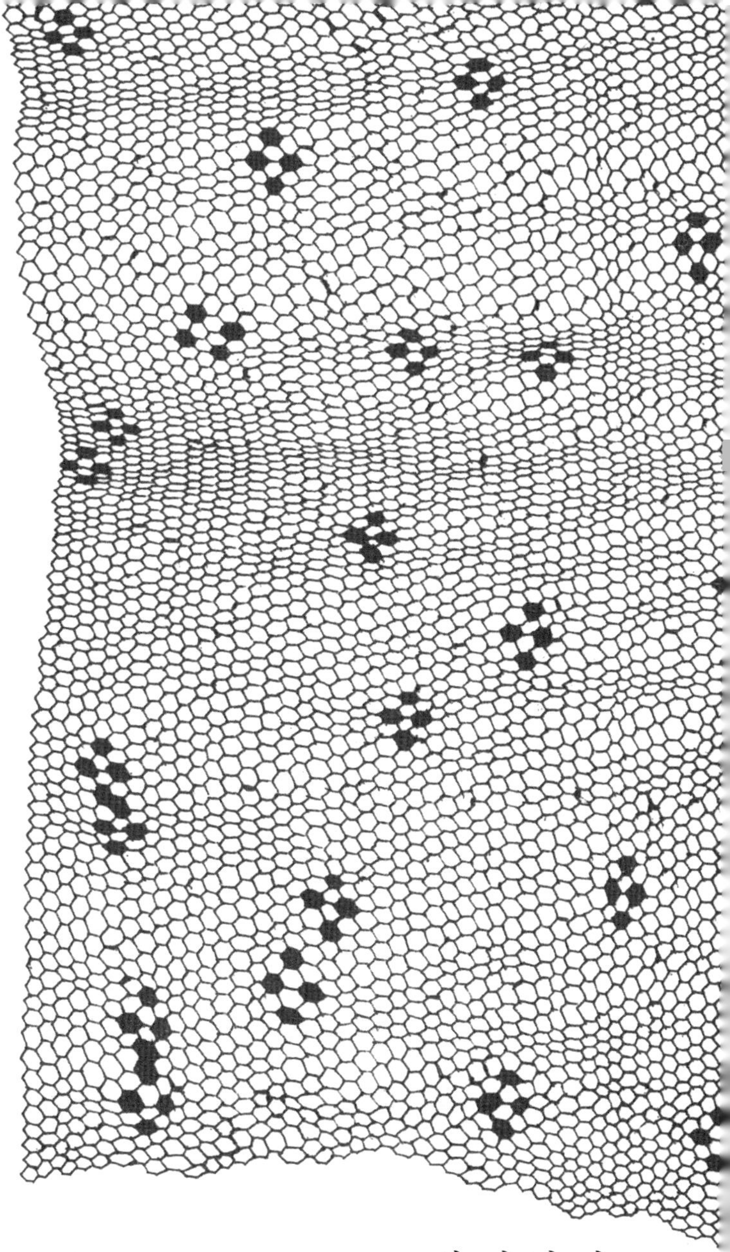

김숨 장편소설

제비심장

문학과지성사

C에게

제비의 심장이여

그들에게 자비를 베풀어주오.

—쉼보르스카,「기념」

차례

제비심장 8

해설 | 우리는 세 부류로 나뉜다 · 김형중 363

쇠가 으르렁거리네.

찢어지는 소리가 나.

새들이 짖는 소리도.

찍찍 짹짹 깍깍 꺽—

그 마을에는 **우리의** 손으로 잡을 수 있는 새들뿐이래.*

너무 낮게 나는 새들.

그리고 날 수 없는 것들.

눈을 작게 떠, 그럼 쇠가 왜소해질 거야.

그 앞의 우리는 난쟁이가 될 거야.

* 프리드리히 니체, 『선악의 저편 · 도덕의 계보』, 김정현 옮김, 책세상, 2002.

1

거위 부리처럼 길쭉이 튀어나온 발판 위에 두 남자가 엉거주춤히 서 있다. 푸른 작업복을 입어서 멀리서 보면 파리들 같다.

"여긴 너무 높아…… 아래를 못 내려다보겠어."

"내려다봐 봐야 별거 없어."

"어지러워……"

"겨우 3층 높이야."

"3층?"

"떨어져도 죽지 않는 높이지."

"하지만 여기 우리 말고 아무도 없잖아."

발판 밑으로 남자들이 줄지어 지나간다. 하나, 둘, 셋, 넷, 다섯, 여섯, 일곱…… 하나같이 푸른 작업복 차림에 노란 안전모를 쓰고 있어서 한 남자가 똑같은 생(生)을 반복하는 듯하다.

"내가 이렇게 높은 데 올라와 있다니……"

"그만 좀 해. 네가 자꾸 그러니까 발판이 점점 높아지는 것 같잖아."

"너무 높아서 숨도 잘 안 쉬어져……"

"그건 들끓는 쇳가루하고 페인트 냄새 때문이야."

"아주 높은 데서는 모든 걸 저절로 이해하게 된다던데……"

"누가 그래?"

"세상에서 가장 높고 추운 얼음 산에 올라갔다 내려온 사람이 그랬어. 모든 게 저절로 이해되더래. 탄생도, 죽음도…… 삶도…… 그래서 높은 데서는 종교나 어려운 철학책 같은 게 필요 없다고 했어. 그리고 여러 가지 빛깔을 띠게 된다던데……"

"빛깔?"

"한 가지가 아니라 여러 가지…… 흰색, 갈색, 연두색, 초록색, 노란색, 주황색, 파란색, 보라색, 검은색…… 한꺼번에 띠는 게 아니라 햇빛을 받은 피라미처럼 시시각각 빛깔이 변하게 된다고…… 목소리는 희미해지고……"

"목소리가?"

"희미해지고 희미해져서 결국은 자기 자신에게조차 안 들리게 된다던걸."

발판에서 1백 미터쯤 떨어진 곳에서는 손에 망치를 든 남자들이 성문처럼 서 있는 철덩이를 향해 걸어가고 있다. 그들도 푸른 작업복을 헐거워진 허물처럼 걸쳤다. 부단히 발을 앞으로 내딛는데도 등허리가 굽은 데다 걸음이 무겁고 느려서 제자리걸음인 것 같다.

"당신 손의 살과 피와 뼈로 내 손을 채워주시고."

"사다리!"

"미끄러지지 않게……"

"얼마나 볼 수 있을까?"

"얼마나 걸을 수 있을까?"

"뛰지 마!"

"빨간 페인트 두 통 더!"

"제 날짜에는 배가 바다로 나가야 하니까."

발판 밑으로 푸른 작업복 차림의 남자들이 계속 줄지어 지나간다.

그라인더 날들이 회전하며 철판을 절단하는 소리, 철파이프 구르는 소리, 전동 드릴 헛도는 소리, 아르곤 가스통 굴리는 소리……

머리에 나리꽃색 스카프를 두른 여자와 연두색 스카프를 두른 여자가 양손에 페인트통과 붓을 나눠 들고 철계단을 내려온다. 여자들도 푸른 작업복 차림이다. 꽃밭을 구르다 온 여자애들처럼 작업복에 알록달록 페인트 얼룩이 묻었다.

"작년 이맘때였어. 복주 언니는 일자 사다리를 타고 탱크로 내려갔어. 한 손에 페인트통을 들고 목에 랜턴을 걸고."

"붓은?"

"웃옷 주머니에 꽂고. 내려간 지 세 시간쯤 지났을까…… 탱크 속에서 복주 언니 목소리가 들려왔어."

2

“반장, 창문 좀 닣어줘!”

“반장, 전구 좀 닣어줘!”

“반장, 물……”

3

철파이프 무더기 옆, 뿌리 잘린 나무처럼 누워 있던 남자가 몸을 절반쯤 일으킨다. 남자가 머리를 흔들자 머리카락에 켜켜이 엉긴 쇳가루가 날린다.

남자의 짙은 밤색 작업화를 신은 발치에 용접기가 부려져 있다. 그 옆으로 아르곤 가스통, 말라 죽은 뱀 같은 검은 호스, 쇳가루 한 줌, 휘어진 철사 조각, 손가락 굵기의 절단한 철근 다섯 조각.

"여기가 어디지……" 남자의 중얼거리는 목소리가 겁에 질렸다.

"철(상자) 속이지."

굵고 쉰 목소리가 환청처럼 들려오는 곳을 뚫어져라 바라보던 남자가 묻는다.

"철?"

"우리 다 철 속에 있어."

"저 멀리 수직으로 떠 있는 철덩이가 보여?"

남자는 눈을 가늘게 하고 2시 방향에 웅대한 빙하처럼 떠 있는 철덩이를 응시한다. 파르스름한 백색 불빛이 철덩이의 일부를 비추고 있다.

"저 철덩이 너머에 하늘이 있어. 해도, 달도, 바다도. 바람도 불지……"

"새가 날아가네."

"철덩이 너머로 새가 날아가는 게 보여?"

"물론 안 보이지. 하지만 뭔가가 날아가는 게 느껴지니까. 작고, 가볍고, 수줍은 뭔가가 스치듯 소리 없이 날아가는 게……"

남자가 몸을 마저 일으킨다. 어긋나 있는 뼈들을 맞추듯 목을 비틀고 나서 철덩이를 뚫어져라 바라본다.

철덩이는 침묵 속에 있고 서늘하고 탁한 납빛이다.

"텅 비어 보여."

"텅 비어 있어."

"꽉 차 있는 게 아니라?"

"그 안에 아무것도 담기지 않아서 오히려 꽉 찬 것처럼 보이는 거야."

"아무것도?"

"철덩이는 어떤 것도 받아들이고 싶어 하지 않아. 씨앗, 잎사귀, 빗방울, 눈물방울, 벌, 참새, 나비, 개미, 거미, 인간…… 철덩이는 모든 걸 거부해."

"왜?"

"무거워질까 봐."

"거미가 무거워?"

"영혼보단 무겁지."

남자는 그 속으로 자신이 삼켜지는 착시가 일어날 때까지 철덩이를 노려본다.

"사람들이 철덩이를 향해 걸어가고 있어……"

"그들은 멀리서 철덩이를 찾아 걸어왔어."

"얼마나 멀리서?"

"제비들만큼이나 멀리서."

"손에 뭘 하나씩 들었어."

"망치. 그들은 망치공이야."

"조금 있으면 철이 뜨거워지기 시작할 거야. 그럼 우리 몸속 5리터의 피도 달아오를 거야."

"아, 피가 달아오르면 미칠 것 같아……"

"오후 3시쯤 1만 5천 리터의 피가 철(상자) 속에서 끓겠지."

"1만 5천 리터?"

"우리가 3천 명이라고 치고, 한 사람 몸속에 5리터의 피가 들어 있다고 치면, 1만 5천 리터야. 난쟁이처럼 작아진 망치공들의 몸속에도 5리터의 피가 들어 있어. 발가락에서 무릎까지, 무릎에서 목까지, 목에서 손가락까지…… 피로 채워져 있어."

"새가 또 날아가네."

"새야, 심장을 떨어뜨려줘!"

4

철계단 뒤로, 곧추선 철파이프 수백 개가 대나무 숲처럼 펼쳐져 있다. 푸른 작업복 차림의 깡마른 몸에 배만 볼록 튀어나온 남자가 배를 최대한 납작하게 하고 폭이 30센티 남짓인 철파이프들 사이를 통과해 철파이프 숲 깊숙이 숨어든다.

나리꽃색과 연두색 스카프를 한 두 여자는 여전히 철계단을 내려오고 있다. 철계단은 시작도, 끝도 없이 지그재그로 이어진다.

"오늘따라 발이 무겁네."

"그건 네 발이 착하지 않아서야. 모든 착한 건 가볍다고 했어."*

"누가 그래?"

"철판에 씌어 있었어."

"착한 건 병신이야. 그리고 내 발이 무거운 건 작업화가 무거워서야."

* "모든 선한 것은 가볍고……"(프리드리히 니체, 『바그너의 경우·우상의 황혼·안티크리스트·이 사람을 보라·디오니소스 송가·니체 대 바그너』, 백승영 옮김, 책세상, 2002.)

"녹은 뼈와 내장이 들여다보이는 투명한 물고기만 먹는대."

"왜?"

"가벼워지려고."

"착한 건 가벼우니까?"

"아니, 날아오르려고."

"녹이 누구야?"

"베트남에서 온 발판공."

5

페인트통 뚜껑 여는 소리, 붓으로 페인트 휘젓는 소리, 페인트를 흠씬 머금은 붓이 철판을 무심히 핥는 소리……

한겨울 들판처럼 황량하게 메마른 철판에 초록색 잎이 한 점, 두 점 연달아 달린다.

"창문은 하나야."

"복주 언니는 아직 사다리를 타고 내려가고 있어. 사다리가 무척 길거든."

"빛은 더 길지만 빛은 잡을 수 없어."

눈 깜짝할 새 철판에 초록색 잎이 수북이 달린다. 이물스레 번들거리고 시너 냄새를 짙게 풍기는 잎들은 여린 떨림조차 없다.

"여기요, 발판이 흔들려요!"

5층 높이 허공에 떠 있는 발판 위, 장밋빛 스카프로 자그

마한 머리를 꼭 감싼 여자가 벌벌 떨고 있다. 왼손에는 페인트통이, 오른손에는 붓이 들려 있다. 푸른 작업복에 초록색, 빨간색, 노란색 페인트가 얼룩덜룩 묻어서 한 마리 앵무새 같다. 스카프는 머리 깃털, 초록색 페인트가 묻은 붓은 꼬리 깃털이다.

"반장! 반장!"

"누구야? 누가 또 날 찾는 거야?"

땅딸막하고 뚱뚱한 사내가 씩씩거리며 철계단을 내려온다.

"여기요!"

앵무새 여자가 초록색 꼬리 깃털을 곧추세우고 흔들어 보인다.

"아아, 귀찮아 죽겠네! 1분이 멀다 하고 여기저기서 찾아서 몸이 열 개여도 모자랄 판이라니까!"

"반장, 발판이 흔들려요!"

배불뚝이 사내가 발판을 연달아 이어 붙여 낸 통로를 건들건들 걸어간다.

"누가 날 애타게 찾나 했더니 오 여사님이군."

"아아, 저길 칠하려면 이 발판을 건너가야 하는데 흔들려서 건너갈 수가 없잖아요."

앵무새 여자는 발판 너머 납빛 철판을 붓으로 가리켜 보인다.

"내가 정신을 바짝 차리고 있었기에 망정이지 흐리멍덩하게 놓고 있었으면 이쩔 뻔했이요."

"멀쩡해 보이는데?"

"보기엔 그렇지요."

앵무새 여자는 작업화 신은 발끝을 발판에 살짝 내디뎌 그것이 흔들린다는 걸 확인시켜준다.

"아아, 나는 오늘 혼자 저 철판을 다 칠해야 한단 말이에요. 참새만 한 붓으로 운동장만큼 넓은 저 철판을요. 아, 저길 언제 다 칠하나……"

욕설을 섞어가며 구시렁거리던 사내가 몸을 어정쩡하게 구기고 앉더니 발판을 살핀다.

"철사가 풀렸군."

"철사가요? 왜요?" 흥분한 앵무새 여자가 발을 동동 구른다.

"어떤 멍청한 인간이 철사를 풀고는 안 감았겠지!"

"그것 봐요, 내가 뭐랬어요. 발판이 흔들린다고 했잖아요!"

"젠장, 귀 따가워 죽겠군!"

사내가 투덜거리며 풀어진 철사를 묶는다.

작업대이자 통로인 발판은 철사와 나사로 고정돼 있다. 폭 40센티에 길이 1.5미터 크기로, 그것 역시 철덩이여서 무게가 10킬로는 나간다. 철상자 속 우리는 그 위에 두 발을 딛고 서서 혹은 쭈그리고 앉아 망치질을 하고, 그라인더를 돌리고, 용접을 하고, 페인트칠을 한다. 그런데 간혹 그것을 고정한 나사나 철사가 풀렸거나 느슨해져 있는데, 그 사실을 모르고 무심코 발을 내디뎠다 추락하는 사고가 일어나곤 한다.

"아, 까딱했으면 죽을 뻔했네!"

흥분을 주체하지 못하고 팔짝팔짝 뛰던 앵무새 여자가 철계단을 뛰어올라간다. 7층 높이의 발판 위에 나란히 서서 철판에 초록색 페인트를 칠하고 있는 여자들을 보고는 그쪽으로 쪼르르 다가간다.

"세상에나, 하마터면 죽을 뻔했지 뭐예요!"

"웬 호들갑이야?" 해바라기가 인쇄된 스카프로 머리를 감싼 여자가 시큰둥히 묻는다.

"발판이 흔들려서 난 빈혈인가 했어요. 요 며칠 머리가 벽돌같이 무겁고 세상이 빙글빙글 돌곤 했거든요. 생리는 석 달째 없는데 말이에요."

"석 달? 난 4년 넘게 생리가 없어."

"그럼 폐경이야."

"벌써?"

"난 마흔여섯 살에 도장공이 됐지. 그리고 마흔일곱 살에 폐경이 왔어."

"친정 엄마는 내 나이 때 막내를 가졌어."

"네 나이가 몇이더라?"

"너하고 동갑이거나 한두 살 더 먹었을걸."

"난 쉰다섯."

"내가 한 살 더 먹었네. 쉰 살도 안 돼 폐경이 온 건 페인트 때문이야. 페인트가 오죽 독해."

"나도 며칠 전에 구역질이 나고 어지러워서 설거지하다 말고 누워버렸어. 냉장고, 전기밥솥, 가스레인지, 냄비, 주전자, 형광등, 달력…… 전부 회전목마처럼 돌고 돌아서 못 일어나고 누워 있었지. 방에서 나와 냉장고로 걸어가던 아들이 날 보고는 그러데. '엄마, 아무리 잠이 와도 고무장갑은 벗고 주무세요.'"

"그래도 조선소에서 일하는 게 식당에서 일하는 것보다 벌이가 나아."

"일이 험해서 그렇지 조선소 일당이 세니까…… 네 아들은 뭐해?"

"놀고 있지."

"발판공 뽑던데."

"발판공은 늘 뽑으니까. 네 아들은?"

"내 아들도 놀고 있지. 제 앞날 생각해서 용접 기술이라도 배우라고 했더니 화를 내지 뭐야."

넋 나간 얼굴을 가만가만 흔들던 앵무새 여자가 앙상한 목을 쭉 빼더니 새된 소리로 말한다.

"아아, 글쎄 어떤 멍청한 인간이 발판 철사를 풀어놨지 뭐예요! 난 그런 줄도 모르고 발을 내디디려 했고요! 까딱 발을 잘못 디뎠으면 난 곧장 5층 아래로 떨어졌을 거예요!"

"떨어진다고 다 죽는 건 아니야."

"죽지 않으면 불구가 되겠지."

"운이 좋으면 팔이나 다리가 부러지는 정도로 끝나겠지."

"운이 나쁘면 반신불수가 되겠지."

"차라리 죽는 게 나으려나?"

"근데 너 오늘 예뻐 보이네."

"그건 네가 예쁜 눈을 가져서야."*

* 로베르 브레송, 「어느 시골 본당 신부의 일기」(1951) 대사에서.

6

당겨…… 힘을 쓰란 말이야…… 오른쪽으로…… 한 시간 안에 끝내야 해…… 당겨…… 으싸, 으싸……

“심장에서 손가락까지.”

“손가락에서 망치까지.”

“저기 멀리 내가 있네.”

“문어 다리처럼 늘어난 손가락들을 뻗어도 닿지 못할 만큼 멀리……”

“내가 있네.”

“시간이 별로 없어……”

“번개와 천둥도 시간이 필요해.”[*]

"별빛도."*

나사못 무더기가 우박처럼 떨어지는 소리, 철파이프 여러 개가 한꺼번에 구르는 소리, 함석판이 바닥에 엎어지는 소리.

당겨…… 으싸, 으싸…… 꿈쩍도 않는군…… 오른쪽으로, 오른쪽으로…… 젖 먹던 힘까지 쓰란 말이야…… 손가락 안 끼게 조심해…… 당겨……

"조 씨!"

(다같이)"조 씨!"

"사수, 가위가 안 들어요."
"그럴 리가 있나!"
"봐요, 다른 사람들 가위는 저렇게 잘 드는데 내 가위만 안 들잖아요."
"서툰 목수가 연장 탓을 하는 법이지."

* 프리드리히 니체, 『즐거운 학문』, 안성찬·홍사현 옮김, 책세상, 2005.

철계단에 매달린 전구들 중 하나가 소난 신호를 보내오듯 깜박이기 시작한다. 깜박, 깜박, 깜박, 깜박……

철계단 곳곳에 달걀 모양의, 백색 불빛을 발하는 전구가 금단의 열매인 선악과처럼 열려 있다.

"너, 눈이 올챙이처럼 부었네."

"어제 울다 잠들었거든."

"남편이 또 속 썩였어?"

"나 남편 없는 거 몰라?"

"몰라, 난 네 이름도 몰라."

"그럼 저 애 이름은 알아? 머리에 연두색 스카프 두른 애. 너, 저 애하고 꽤 친하게 지내는 것 같더라."

"몰라."

"네가 아는 건 뭐야?"

"나 말고는 아무도 내 삶을 대신 살아줄 수 없다는 거…… 그건 분명히 알아. 내 삶은 나만 살 수 있어."

7

왼쪽 뺨에 트랜지스터라디오를 혹처럼 붙이고 좁쌀보다 자잘한 스피커 구멍들에서 흘러나오는 소리에 귀를 기울이던 망치공이 홀쩍 고개를 돌리더니 철상자 안 우리 모두를 향해 소리친다.

"당나귀들이 모두 다 죽었대!"*

"발판 하나!"

"빨간 페인트 두 통 더!"

"별빛의 시간은 너무 길어서 내 집 시계로는 잴 수 없어. 너희 집 시계로도."

초록색 잎이 무성하게 매달린 철판 아래, 등이 두꺼비처럼 두두룩한 사내가 자신보다 몸집이 두 배는 큰 청년에게

* 조셉 콘래드, 『암흑의 핵심』, 이상옥 옮김, 민음사, 1998.

호통치고 있다.

“허우대는 멀쩡해서 나사 하나 제대로 못 박는군. 남들이 열 개 박을 때 겨우 한 개밖에 못 박으면 곤란해.”

“그게…… 내가 이런 일은 처음이라서요.”

“누군 엄마 배 속에서부터 나사 박는 걸 배우고 태어난 줄 알아?”

“함석판이 너무 매끈해서 드릴이 자꾸만 미끄러지잖아요. 나사를 박고 있는데 드릴이 갑자기 밀려나서 하마터면 손에 구멍을 낼 뻔했단 말이에요.”

“자네, 일한 지 얼마나 됐지?”

“두 시간이요.”

“그렇군. 내가 장담하는데 자네 일하는 꼬락서니를 보니 길어야 이틀 버티겠군.”

“이틀이요?”

“이틀도 후하게 쳐준 거야. 면접 볼 때는 조선소에 뼈라도 묻을 것처럼 굴다가 고작 반나절 일하고 인사도 없이 내빼는 인간이 한둘인 줄 알아?”

철계단 난간에서 길게 내려온 전선에 매달린 전구 불빛 속에 두 남자가 서 있다. 둘 다 푸른 작업복 차림에 ‘안전’이라고 쓴 노란 완장을 팔뚝에 차고 있다.

"순수한 철은 흰색이야."

"순수한 건 대개 흰색이지. 우유, 두부, 백합, 손수건……"

"기저귀, 쌀, 토끼, 달."

"달? 달은 노란색이거나 붉은색이지. 지난밤 조선소 마을에 뜬 달은 어찌나 붉던지 녹슨 철덩이가 떠 있는 것 같더군."

"달은 그냥 흰색이야. 달은 스스로 색을 낼 수 없어. 달이 띠는 색은 태양이 반사된 빛이야. 그래서 달 색깔이 수시로 변하는 거야."

노쇠하고 고집스러운 나귀 같은 수레를 끌며 걸어가던 늙은 사내가 멈칫 고개를 들더니, 멀리 점멸하는 별처럼 깜박이는 전구를 지긋한 눈빛으로 바라본다.

"들판에 회색 토끼가 죽어 있었어. 언덕처럼 비대한 토끼 위로 철새들이 날아가고 첫 별이 떴어."

빗자루, 쓰레받기, 마대자루가 수레에 실려 있다. 어스름이 깔린 듯 어둑한 바닥에는 못, 쇳조각, 철파이프, 함석판, 스티로폼 단열재 부스러기, 전동 드릴, 가위, 스패너 등이 어수선하게 널려 있다. 그리고 그라인더 같은 중장비들과 아르곤 가스통, 발전기, 유압 펌프, 호스 뭉치, 전선 뭉치……

당겨…… 으싸, 으싸…… 힘을 쓰라구…… 김 씨, 박 씨, 이 씨, 문 씨 우리 신용 불량자는 될지언정 양심 불량자는 되지 말자구…… 당겨…… 왼쪽으로, 왼쪽으로…… 으싸, 으싸…… 뒤로…… 으싸, 으싸……

비행기 통로만큼 좁은 곳에서 여남은 명이 허벅지 굵기의, 속이 구리로 꽉 찬 검은 전선에 매달려 줄다리기하듯 그것을 잡아당기고 있다. 손등과 손목 핏줄들이 팽팽히 당겨져 우툴두툴 불거지도록 힘을 쓰는데도 한 번에 5센티 남짓밖에는 당기지 못한다.

"아악, 내 손가락!"

"조심해, 손가락 하나 잘리는 건 순식간이야."

"손가락 하나 없는 건 불구가 아니래."

"콧구멍 하나 없는 것도."

"귀 하나 없는 것도."

"눈만 있는 건 변태."

8

손에 망치를 든 늙은 남자 넷이 쇳덩이 앞에 서 있다.

쇳덩이가 산만큼 커서 그 앞의 늙은 남자들은 막 두 발로 서는 걸 익힌 아기들처럼 작아 보인다.

"쇠를 부드럽게 길들이는 건 염소를 길들이는 것만큼 힘들어."

"그래도 물을 길들이는 것보단 덜 힘들어. 쇠는 1백 대든, 1천 대든 그냥 맞고 있지만 물은 한 대만 때려도 부서져버리니까."

"물주름은 망치로 아무리 때려도 펼 수 없어."

9

날고 싶어?

그럼 서는 것부터 배워.

조선소에 제비처럼 날아다니는 발판공이 있었어. 나는 걸 배우려고 발판공을 찾아갔더니 그러더군.

"서고, 걷고, 달리는 걸 배우고 와."

그래서 서고, 걷고, 달리는 걸 배우고 다시 찾아갔더니 그러데.

"뛰어오르고, 기어오르고, 춤추는 걸 배우고 와."*

그래서 춤추는 것까지 배우고 찾아갔는데 죽고 없었어.

7층 높이에서 발판과 함께 떨어졌다고 했어. 날아다니는 법

* 프리드리히 니체, 「중력의 영에 대하여」, 『차라투스투라는 이렇게 말했다』, 장희창 옮김, 민음사, 2004.

만 터득하고 추락하는 법은 터득하지 못해서.

10

"발판공들은 철상자를 찾아갔어."

"오래전에."

퇴적암처럼 쌓인 철판 무더기 뒤, 곱슬머리 사내가 몸을 눕힌다.

날개 잃은 못 하나.

울다 지친 나사못 세 개.

박쥐가 되다 만 쇳조각.

사내는 눈을 감고, 입을 다물고, 두 손을 가슴 위에서 맞잡는다. 누군가 자신의 손에 꽃 한 송이 들려주길 기다리듯.
쇳가루가 조용히 사내의 얼굴에 내린다.

"바람 한 점 안 부네."

'나는 있다, 나는 없다, 나는 있다……'

눈꺼풀과 속눈썹에 쇳가루가 내려앉는다. 한 시간쯤 지나면 겹겹이 내려 쌓인 쇳가루 때문에 눈을 뜨고 있는 게 고역일 만큼 눈꺼풀이 무겁고 뻑뻑해질 것이다. 쇳가루는 흐르고, 날리고, 퍼지며 내키는 곳에 소리 없이 내려앉는다. 철상자에서 쇳가루를 맞지 않을 재간은 없다. 우산 같은 걸 받치면 머리 바로 위에서 떨어지는 쇳가루를 옴팡지게 뒤집어쓸 일은 없겠지만 한 손에 우산을 들고 망치질을, 붓질을, 용접을 할 수는 없는 노릇이다. 비나 눈처럼 내리지만 스며들 줄도, 증발할 줄도 모르는 쇳가루는 집요해서 안전모 속으로, 작업복 웃옷 꽉 맞물린 지퍼 틈새로, 바지 속으로, 입과 코를 가린 방진 마스크 새로, 장갑 속으로, 작업화 속으로 파고든다.

나는 속눈썹을 새끼손가락 손톱으로 톡톡 두드려 쇳가루를 턴다. 눈꺼풀을 한 차례 꾹 감았다 뜬다. 눈동자는 유리가루가 껴 뻑뻑하다. 유리섬유로 만든 단열재에서 날리는 유리가루는 쇳가루보다 조용하고 집요해서 작업복 안 속옷 속으로 파고들어 살갗에 들러붙는다. 들러붙고, 파고들고, 삼켜지는 걸 좋아하는 유리가루는 땀구멍으로도 삼켜져 땀

구멍을 틀어막는다.

눈동자에 낀 유리가루는 눈물로 씻어내야 한다. 눈물 말고 다른 경로는 씻기지 않는다. 그래서 나는 평소에 울고 싶어도 참는다. 슬픈 드라마를 보지 않는다. 우리에게 눈물은 유리가루를 씻어내라고 있는 것이니까.

점심때쯤 되면 몸은 땀과 유리가루 범벅이 돼 식중독 두드러기에 걸린 것처럼 간지럽지만 함부로 긁으면 안 된다. 그랬다가는 유리가루가 살갗으로 파고들어 부서진 뼛조각의 잔해물처럼 박히기 때문이다.

나는 눈동자를 애써 굴려 철판을 올려다본다. 황금빛 불티들이 철판에서 폭포수처럼 흘러내린다. 흰색 연기, 노란색 연기, 파란색 연기, 보라색 연기가 실타래처럼 엉키고 풀어지며 피어난다.

"사다리!"

"종달새는 허공에서 죽었대."

"어떻게 떨어지는지 몰라서."*

* 쥘 쉬페르비엘, 『중력*Gravitations*』

까마귀처럼 검은 스카프를 머리에 두른 도장공이 슬금슬금 다가온다.

"저리 가!"

"금방 칠하고 갈게."

"용접 작업하는 거 안 보여?" 나는 발끈한다.

"여기 칠하려고 저 위에서 내려왔단 말이야."

"저 위? 나도 저 위에서 내려왔어. 여기 있는 우리 다 저 위에서 내려왔지."

내가 으르렁거리자 도장공은 마지못해 자리를 뜬다.

나는 조선소의 불 감시자다. 용접공을 그림자처럼 따라다니며 용접 작업 때 사방으로 튀는 불티를 쫓고 감시한다. 바늘보다 가늘고, 번개보다 순식간이고, 샛별보다 밝게 반짝이는 불티 한 점의 온도는 3천5백 도에 달한다. 그리고 그것은 멀게는 11미터까지 날아간다. 수명이 짧아 빛과 열기를 얻자마자 소멸하지만 시너 섞인 페인트나 유리섬유로 만든 단열재에 떨어지면 불이 붙기 십상이고, 자칫 대형 화재로 번질 수 있다. 최악의 경우 철상자가 순식간에 불길에 휩싸여 폭발할 수도 있다. 불 감시자가 되고 나는 밤하늘의 별을 보지 못한다. 보고 있으면 그것이 불티가 돼 내 눈동자로 떨어지는 착시가 일어나서다. 그리고 불티가 떨어지는 속도는 눈꺼풀을 깜박이는 속도보다 빠르다.

내가 불 감시자가 될 수 있었던 건 불을 무서워해서다. 불 감시자가 되기 전 나는 조선소에서 불 감시자를 뽑는다는 전단지를 보면 괜히 흥분과 두려움에 사로잡혔다. 조선소의 불 감시자가 어떤 일을 하는지 대충 알고 있었지만, 플라타너스처럼 커다랗고 쉼 없이 타오르는 불꽃이 꺼지지 않게 그 앞을 떠나지 못하고 감시하는 인간의 모습이 그려졌다. 인간은 여자이기도 하고 남자이기도 하고, 아이이기도 하고 노인이기도 하다. 그리고 때로는 개나 염소 같은 동물이기도 하다. 조선소 마을에서 나보다 불을 무서워하는 여자가 있을까. 그리고 나는 불을 무서워하는 것만큼이나 불을 사랑한다, 미워한다. 불은 시작이자 끝이고, 시들지 않은 꽃잎을 떨구는 정신 나간 꽃이며, 발 없는 새다.

열대여섯 살 먹도록 성냥도 켜지 못했을 만큼 내가 불을 겁내는 건 유난히 작은 심장을 가져서다. 불 감시자가 되고 나는 불이 더 두려워졌다. 그렇잖아도 자그마한 심장이 조금씩, 조금씩 쪼그라드는 게 느껴지곤 한다. 녹슨 못 수십 개가 왼쪽 가슴에 박혀 살과 뼈를 찔러대는 것 같은 통증을 동반하기도 하는데 그럴 때면 심장이 급속히 오그라들어 순식간에 제비 심장만 해질 것 같은 공포감이 밀려든다.

"아주 오래전이야."

"발판공들은 철상자를 찾아갔어."

"해도, 달도 뜨지 않는 곳."

"아줌마, 깡통 저리 치워요."

"기분 나쁘게 남 페인트통을 함부로 발로 차고 그래요?"

"그라인더 가져다놓은 거 안 보여요?"

"아저씨, 내가 먼저 와서 칠하고 있었거든요!"

"방금 왔으면서."

"눈이 어디로 가버렸나, 붓에 페인트 묻은 거 안 보여요?"

"아줌마, 바쁜 사람 방해하지 말고 좋은 말로 할 때 저리 가요."

"어머나, 누가 누굴 방해한다는 거야? 아저씨나 남 일하는 거 훼방 놓지 말고 아저씨 일이나 잘 해요."

페인트통을 발로 차는 소리, 욕설, 전동 드릴 헛도는 소리, 병든 닭이 내는 것 같은 비명 소리…… 철상자 안에서 우리는 늘 다툰다. 잘잘못을 따지기 애매한 다툼들은 대개 혼재 작업 때문에 일어난다. 여러 작업이 동시다발로 이뤄

지다 보니 작업 공간을 확보하고 선점하려 서로 핏대를 세우고 목청을 높인다.

도장 작업은 원래 가장 마지막에 해야 하는 작업으로, 그라인더 작업이나 용접 작업과 동시에 하면 안 된다. 두 작업 다 불티가 엄청나게 튀기 때문이다. 조선소에는 안전 수칙이라는 것이 있고, 그 항목이 열두 가지나 된다. 안전 요원들이 노란 완장을 차고 돌아다니는 것은 철상자에 벌 떼처럼 득실거리는 우리가 안전 수칙을 제대로 지키는지 감시하기 위해서다. '도장과 화기 혼재 작업 금지'도 반드시 지켜야 하는 안전 수칙 중 하나다. 우리가 작업 순서와 안전 수칙을 무시하는 데는, 그리고 반장들이 우리를 몰아치며 숨 가쁘게 작업을 돌리는 데는 몇 가지 이유가 있다. 가장 큰 이유는 하청 업체에서 물량을 수주한 반장들이 한꺼번에 자신들이 고용한 노동자들을 철상자 안으로 들여보내서다. 반장들은 물량을 하루라도 서둘러 끝내려 안달하는데, 그래야 일당으로 지급하는 인건비가 줄어들고, 다른 반장들을 제치고 하청 업체로부터 새 물량을 수주할 수 있기 때문이다.

"아아, 난 죽을 뻔했어요."

앵무새 여자가 철상자 안 우리 모두에게 소리 지르고는,

초록색 페인트가 묻은 꼬리 깃털을 요란하게 흔들며 철계단을 올라간다.

획—

“내 앞으로 방금 뭐가 날아갔는데……”

드르륵, 드르륵, 윙— 위이잉— 쿵, 쿵쾅쿵쾅, 쾅쾅쾅쾅, 타닥타닥, 드르륵, 들들들들, 철퍼덕, 끼이익, 쏴아아아아아아—

철상자 바닥에서는 포설공들이 전선을 깔고, 그 위에서는 용접공이 철판을 녹여 늘이고, 그 위에서는 파워공이 그라인더로 철판 표면을 깎고, 그 위에서는 망치공들이 망치로 철판을 두드려 펴고, 그 위에서는 사상공이 철파이프를 절단하고, 그 위에서는 터치업 도장공들이 철판에 페인트를 칠하고, 그 위에서는 스프레이 도장공이 분사기로 철판에 페인트를 뿌린다. 그리고 철상자 어딘가에서는 취부공들이 공룡의 뼛조각 같은 철판 조각들을 퍼즐 조각들처럼 늘어놓고 이리저리 맞추고 있다.

“나, 오늘은 그네 타기 싫은데……”

머리에 제비꽃색 스카프를 느슨하게 두른 도장공은 정말로 그네가 타기 싫지만 그네를 탄다.

도장공들은 때때로 공중그네사가 돼 밧줄 그네를 타고 철상자 허공을 날아다니며 붓질을 한다.

양손에 페인트통을 든 남자가 힘차게 철계단을 뛰어내려온다.

“빨간 페인트 두 통 더!”

“사다리!”

철상자는 조선소에서 만드는 철배의 조각이다. 무게가 2, 3톤쯤 나가는 철판 수십 장을 병풍처럼 이어 붙여서 만든 더 큰 철판을 짜맞춰 레고 블록 같은 철상자를 만든다. 가로, 세로, 깊이가 20여 미터에 무게가 60여 톤이나 나가는 철상자들을 조립해 연결하면, 마침내 철배가 탄생한다. 철배는 보통 10만여 조각의 철판으로 만든 철상자 3백여 개가 합쳐져서 완성된다. 철배의 공간은 크게 선미, 조타기가 있는 기관실, 선원들이 먹고 자며 일상생활을 하는 거주구, 엔진실, 화물칸, 선수부로 나뉜다. 그것들의 조각인 철상자의 제조 과정은 용도에 따라 조금씩 다르지만 대충 이렇다. 용접, 수도 배관과 가스 배관 설치, 전선 설치, 엔진 같은 온갖 기계 장착, 페인트칠(소금기 섞인 공기에 노출돼 있어서 부식하는 철판의 녹을 제거해야 한다). 그리고 나중에 철배가 바다를 떠다닐 때 한겨울에 동파되는 걸 방지하기 위해 배관들과 기계들을 단열재로 감싸야 한다. 그 모든 작업을 하려면 깊이가 20여 미터인 철상자 허공에 발판을 놓아야 한다. 허공에 두 발을 띄우고 용접을, 망치질을, 페인트칠을 할 수는 없기 때문이다. 우리는 날개를 가진 새가 아니고, 철상자 안에도 중력이란 게 존재하니까. 작업할 때 신는 인조 가죽 작업화는 꽤 묵직해서 우리의 두 발을 자꾸만 아래로 끌어당긴다.

내가 두 달 넘게 들어와 일하는 철상자는 엔진실로 철배의 심장에 해당한다. 엔진실은 발전기, 배전반(配電盤), 보일러 등 여러 기계를 설치해야 해서 공정이 복잡하고 까다롭다.

"망치가 날고 있네."

"날게 내버려둬. 못도, 나사도…… 철사, 발판, 페인트통,

호스, 스패너, 전동 드릴, 죽은 종달새, 안전모, 작업화, 그리고……"

"얼굴."

최 씨가 오른쪽 무릎을 바닥에 붙이고 앉으며 자세를 잡는다. 그의 작업복 바지는 해지고 벌레 먹은 깻잎처럼 구멍투성이다. 작업화 앞코는 가죽이 벗겨져 안에 덧댄 천이 드러나 있다. 가죽 재질의 두툼한 장갑을 착용한 그의 손에는 용접기가 들려 있다. 용접기 손잡이에는 아르곤 가스를 공급하는 호스가 꼬리처럼 달려 있다. 불 감시자가 돼 철상자에 든 첫날 호스에 발이 걸려 넘어지는 바람에 하마터면 6층 높이에서 추락할 뻔한 아찔한 경험 때문일까. 호스만 보면 작업화 속 발가락들이 절로 움츠러든다.

전날 10시쯤 잔업을 마치고 혹시 살아 있는 불티가 없는지 주변을 살피는데 박 반장이 내 등을 주먹으로 툭 치며 말했다.

"아줌마, 내일부터 최 씨 짝 해."

박 반장이 코와 입으로 숨을 들이마실 때마다 옆구리로 치우쳐 흘러내린 배가 터질 듯 부풀어 올랐다. 그가 작업복 윗옷 지퍼를 채우지 않고 앞자락을 펄럭펄럭 휘날리며 돌아다니는 것은 나날이 커지며 옆으로 흘러내리는 배 때문이다.

“하지만 난 최 씨 아저씨를 잘 모르는걸요.”

“최 씨는 아줌마를 잘 아는 줄 알아? 둘이 살림 차리고 살라는 것도 아니잖아.”

술과 담배에 찌든 입술을 구기고 의뭉스레 웃는 박 반장 앞에서 내 얼굴이 화끈 달아올랐던 것은 하루 종일 철상자 안에서 용접 열기와 불티를 쬐서였다.

내가 선뜻 대답을 않자 박 반장이 얼굴을 험악하게 구기고 말했다. “싫으면 내일부터 나오지 마.”

박 반장이 내게 그렇게 겁을 줄 수 있는 건 그가 마음만 먹으면 당장 날 해고할 수 있어서다.

조선소에서 철배를 만드는 우리는 세 부류로 나뉜다. 정규직 노동자, 하청 업체에서 파견한 노동자, 하청 업체에서 재하청을 받는 물량팀에서 파견한 노동자. 나는 물량팀 노동자다. 망치공, 용접공, 샌딩공, 배선공, 파워공, 취부공, 도장공, 발판공, 불 감시자. 하는 일에 따라 다르게 불리는 우리는 조선소에서 일하지만 조선소에서 임금을 받지 않는다. 박 반장 같은 물량팀 반장들이 우리에게 임금을 준다. 조선소가 아니라 반장들이 우리를 고용했기 때문이다. 조선소에서 하청 업체에 하청을 주는 것은 노동자들을 관리하지 않아도 되는 데다 인건비가 적게 들어서다. 나 같은 물량팀 노동자들은 일당으로 임금을 받기 때문에 이틀 일거리를 하루에 끝내면 인건비를 절반으로 줄일 수 있다. 조선소에서 철배 한 척이 완성되기까지 투입되는 노동자는 6천 명에 달하고 공정비의 대부분이 인건비로 들어간다.

"받아!"

"아직 떨어뜨리지 마!"

"아, 누가 날 만들었을까?"

"제발, 떨어뜨리라고 할 때까지 떨어뜨리지 마!"

최 씨가 송곳처럼 뾰족한 용접기 끝으로 철판을 두드린다. 탁, 탁, 소리와 함께 귤빛 불티가 튄다. 지지직 소리가 끓더니 철판에 불이 붙는다. 장미 봉오리 같은 불꽃이 철판에서 피어나고, 푸른빛이 감도는 흰 연기가 철판에서 스멀스멀 피어오른다. 불티가 폭죽처럼 퍼지고 철이 녹으며 철물이 고여 흐르다 순식간에 빛을 잃고 굳는다.

황금빛 꿀물처럼 황홀하게 일렁이던 철물이 잿빛으로,

잉크빛으로 굳는 걸 꿈속 장면인 듯 바라보고 있으면 내 심장도 덩달아 굳는다. 철물이 식으며 굳는 데 걸리는 시간은 길어야 3, 4초다. 2천 도가 넘는 철물이 순식간에 식는 게 신기하다. 끓는 물은 100도지만 철물과 비교하면 몹시 천천히 식는다. 인간의 몸은 고작 36.5도지만 그보다 훨씬 더디게 평생에 걸쳐 식는다.

11

우주인처럼 차려입은 사내가 철판 앞으로 저벅저벅 걸어간다. 플래시 불빛으로 철판 한곳을 비춘다. 방금 착륙한 미지의 혹성을 탐사하듯 플래시 불빛으로 철판을 훑듯 비추기 시작한다.

흰 분필 같은 걸로 큼직하고 삐뚤게 휘갈겨 쓴 글자들이 기이한 생명체들처럼 플래시 불빛에 떠오른다.

사내는 한 글자 한 글자 플래시 불빛으로 집요하게 비춰가며 소리 내 읽는다.

다, 른, 데, 로, 가.

"어디로?"

빨, 리.

12

구레나룻을 덥수룩이 기른 망치공이 망치 든 손을 들어 올리다 말고 눈을 부릅뜬다.

텅 비고 번들거리는 철판에 떠오른, 눈코입이 뭉개지고 일렁이는 얼굴을 바라본다.

"얼굴이 흐르고 있네."

"얼굴이 흘러가네."

"얼굴이 흘러가 점점 멀어지네."

"얼굴이 점점 멀어져 가까워지네."

"얼굴이 날 빤히 바라보네."

"뭘 봐, 사람 얼굴 처음 봐?"

쾅!

얼굴이 격렬히 진동하다 다시 흐른다. 흐르고 흘러 흘러 제 자리로 되돌아온다.

13

검은색 스카프를 한 여자가 붓에 물감을 묻히다 말고 훌쩍 뒤를 돌아다보더니 중얼거린다.

"우리 다 저 위에서 내려왔대."

그 아래, 땅콩색 스카프를 한 여자가 자신과 열 발짝쯤 떨어져 철판에 초록색 페인트를 칠하고 있는 여자에게 묻는다.

"쟤가 뭐라고 하는지 들었어?"

"우리 다 저 위에서 내려왔대!"

"저 위?"

"저 위였어……"

"조선소가 쉬는 날 미장원에 갔는데 그 여자가 있었어."

"누구?"

"그 여자……"

"저 위……"

“그 여자 남편은 아직 냉동실에 있어.”

“죽은 사람을 냉동실에 넣어두고 장례식도 치러주지 않는 건 못할 짓이야.”

“그 여자는 거울을 닦고 있었어. 미장원 여자가 내 머리카락에 염색약을 바르다 말고 그 여자를 쳐다보고는 한숨을 푹 내쉬더니 그랬어. ‘사촌동생인데 세 시간째 거울만 닦고 있네.’”

“저 위……”

“페인트가 떨어져서 새 페인트를 가지러 가려고 돌아서다 저 위에 떠 있는 그 여자 남편을 봤어. 두 다리를 아래로 늘어뜨리고 있었어.”

“두 팔도.”

“두 손도.”

“빨간 페인트 두 통 더!”

망치들이 서로 엇박자를 놓으며 철판을 때리는 소리, 우당탕 철계단을 뛰어내려오는 발소리.

"손가락들은 못 봤어."

"나도 그 남자를 봤어. 내가 너보다 먼저 봤을까…… 전구 불빛이 그 남자를 비추고 있었어. 그 남자는 팔다리를 늘어뜨리고 하루살이처럼 끓는 쇳가루 속을 날고 있었어…… 목에 에어호스를 감고…… 그 남자는 샌딩공…… 내 남편도 샌딩공……"

"창문은 하나."

"결코 열린 적이 없어."

"남자들이 작업화를 신은 그 남자의 발밑으로 모여들었어. 손에 망치를 든 남자들, 가위를 든 남자들, 전동 드릴을 든 남자들, 용접기를 든 남자들……"

"여자들도 모여들었어. 페인트통하고 붓을 든 여자들…… 안전 요원이 달려오고 20분쯤 지나 경찰하고 119 구조대원들이 왔어. 구조대원들이 사다리를 타고 올라갔어. 어부들이 대형 물고기를 낚듯, 허공에 떠 있는 그 남자를 낚아채더니 위로 번쩍 들어올렸어. 그 남자의 사지를 나눠 들고 아래로 끌어내리더니 바닥에 눕혔어. 구조대원 둘이 그 남자의 목에 감긴 에어호스를 풀기 시작했어. 반장들이 말했어. '가서 일들 해.'"

"제날짜에 배가 바다에 나가야 하니까."

"저 위였어……"

"미장원에 모여 강냉이를 먹으며 화투를 치던 여자들이 수군거렸어. '통 웃질 않아…… 인사를 할 줄도 모르고…… 재수 없게……' 미장원 여자가 여자들에게 그랬어. '내 사촌여동생이야. 남편이 조선소에 다녔는데 작년 가을에 세상을 떠나는 바람에 과부가 됐어. 미용 기술이라도 배워 애들하고 먹고살라고 불렀더니 거울만 닦고 있네.' 그 여자는 동화 속 시녀처럼 거울을 닦았어."

"보상금을 한 푼도 못 받았지?"

"경찰이 자살로 결론 내려서 못 받았지. 사고사였으면 보상금을 받았을 텐데."

"그 여자 남편은 조선소에서 일하다 죽었어. 뭘 보고 자살이래?"

"카드 연체금이 있었대."

"카드 연체금은 내 아들도 있어. 내 딸도."

"전날 부부 싸움을 했대."

"부부 싸움 한 걸 경찰이 어떻게 알아?"

"휴대전화 문자에 부부 싸움 한 게 남아 있었나 봐."

"그런 걸로 자살하면 내 남편은 백 번도 넘게 자살했겠다! 남편하고 나는 아들 때문에 요새 매일 싸워. 아들이 서른다섯 살인데 취직할 생각은 않고 용돈 받아 쓰며 놀고 있거든."

"입에 방진 마스크를 쓰고 있었어."

"누구?"

"그 여자 남편…… 손에는 작업용 장갑을 끼고. 샌딩공들이 끼는 두꺼운 가죽 장갑 말이야. 손가락 보호하려고."

"손가락들은 못 봤어."

"쇳가루가 들어가지 않게 손목 부위를 테이프로 친친 둘러 감고 있었어."

"그래서?"

"일하다 자살할 리가 없잖아."

"저 위였어……"

"우리 다 저 위에서 내려왔어. 여기 밑바닥까지…… 더 내려갈 데가 없는 가장 밑바닥……"

"여기가 가장 밑바닥인 건 맞지만 여기보다 더 밑바닥도 있어."

"거기가 어디야?"

"거긴 일자 사다리를 타고 내려가야 해. 입구가 몹시 좁고 깊거든. 캄캄해서 아무것도 안 보이지만 절대 아래를 내려다보면 안 돼…… 여기서 더 내려가고 싶지 않으면 반장에게 잘 보여."

"어떻게?"

"반장이 말하면 그냥 웃어."

"그거면 돼?"

"가끔 먹을 것도 가져다 바치고."

"먹을 거?"

"김치, 영양제, 양갱, 빵, 떡……"

"김치가 떨어져서 새로 담가야 하는데 시장에 배추 사러 갈 시간도 없네."

"난 어제 무 두 통으로 깍두기 담갔어."

"난 집에 가면 손가락 하나 까딱하기도 싫어. 근데 동화 속 시녀는 거울을 닦아?"

"공주가 거울을 닦을 리 없잖아."

"그렇겠네."

"동화 속 시녀는 내내 거울을 닦아. 놀지도 못하고, 먹지도 못하고. 잠보인 시녀는 낮이고, 밤이고 꾸벅꾸벅 졸면서 거울을 닦아. 거울이 물러지고 녹아 물이 될 때까지……"

"쇳가루가 내리네……"

"눈이 안 내리니까."

14

"내 이름 부르지 마."

"난 네 이름 몰라."

"지구는 계속 돌지, 우린 계속 망치질을 하지."

"달도 계속 돌지, 우린 계속 망치질을 하지."

"넷이 들어갔어."

푸른 연기가 흩어지며 흰 연기가 뭉글뭉글 올라온다.

불쑥 새벽에 꾼 꿈이 떠오른다. 철상자가 거미로 우글거리는 꿈이었다. 전구들이 하나씩, 둘씩 꺼져들고 철판들이 면사포로 얼굴을 가리듯 희멀건 거미줄을 뒤집어썼다. 그네마다 검은과부거미들이 자리 잡고 앉아 레이스를 뜨는 늙고 자비로운 여인들처럼 거미줄을 치고 있었고, 발판마다 거미 새끼가 바글거렸다.

"내 손이 사라져도 망치는 있겠지. 네 손이 사라져도."

"오늘만 생각해. 오늘 하루 일하면 받을 일당만 생각해. 그럼 오래 버틸 수 있어."

"뛰지 마!"

"반장, 아무래도 조퇴해야겠어요. 허리가 끊어질 것 같아요."

"그래? 그럼 집에 가서 영원히 쉬어."

"그러게, 뛰지 말랬잖아."

반장들은 우리에게 말한다. "뛰지 마. 오늘 안으로 끝내야 해." 뛰지 않으면 오늘 안으로 못 끝낸다는 걸 그들은 우리보다 더 잘 알고 있다. 그래서 우리가 오늘 안으로 끝내려고 뛰어다니다 넘어져서 다치기라도 하면 그들은 펄쩍 뛰면서 말한다. "그러게 뛰지 말랬잖아."

"내가 네 이름을 모르는 건 네가 말해주지 않아서야."

"며느리가 손녀를 낳아서 어제 잔업 끝내고 병원에 보러 갔어. 마침 젖을 먹이고 있어서 나는 창가에 서서 기다렸어. 30년도 더 전 아들을 낳던 날 밤이 떠오르며 기분이 이상했어. 새벽빛 속에서 아들의 손가락을 세고 또 세던 때로 되돌아가 있는데 며느리가 날 불렀어. '어머니, 어머니!' 나는 침대로 다가가 며느리 품에 안겨 있는 손녀 얼굴을 들여다봤어. 손녀가 날 보고 한쪽 눈을 찡그리며 방긋 웃데. 얼마나 사랑스럽던지…… 손녀 얼굴을 만지지 못했어. 세상 티끌이 하나도 안 묻은 얼굴에 시너 냄새가 밸까 봐. 녹슨 톱날 같은 내 손톱이 생채기를 낼까 봐. 나도 모르게 손녀 얼굴을 만질까 봐 손을 잠바 주머니 속에 쑤셔 넣고 손녀 얼굴을 바라보는데 슬펐어."

"왜 슬퍼?"

"손녀 얼굴이 친할머니인 내 얼굴을 닮았지 뭐야. 엄마 얼굴, 아빠 얼굴, 외할머니 얼굴, 외할아버지 얼굴, 이모들 얼굴…… 그 모든 얼굴들을 두고 하필 내 얼굴을 닮을 게 뭐야."

"너 못생겼어?"

"예뻐 보인다고 하지 않았어?"

"네 얼굴이 예뻐 보이는 건 내 눈이 예뻐서라며?"

"셋이 돼 나왔어."

“난 뭘 봐도 마음이 슬퍼.”

“난 뭘 봐도 마음이 차가워, 딴딴해. 내 심장은 쇠인가 봐.”

“노래를 불러. 그럼 온기가 돌며 심장이 물러질 거야. 너무 긴 노래 말고. 괜히 노래 부르다 숨차서 쓰러지면 안 되니까.”

15

기울어진 마름모꼴 모양의 철판 앞에 여자가 서 있다.

여자가 간절히 기도하듯 어깨를 가늘게 떨어대며 서 있어서 철판이 부피와 무게를 가진 물질이 아니라 형태도 성질도 없는 추상적인 공간 같다.

연둣빛 스카프를 머리에 두른 여자의 왼손에는 페인트통이, 오른손에는 청설모 꼬리 같은 붓이 들렸다. 깡마른 몸집에 비해 엉덩이가 기형적일 만큼 비대하다.

철판을 응시하는 여자의 도토리 빛 눈동자가 빠르게 진동한다.

여자는 철판에서 뭔가를 찾고 있다. 여자 자신도 그것을 알고 있지만 철판에서 뭘 찾고 있었는지 갑자기 기억이 안 난다.

뭘까, 뭘까…… 여자는 되뇌며 고개를 가로젓는다.

여자는 철판에 든 적 없지만 그곳에서 분명히 뭔가를 잃어버렸다.

여자는 점심시간 전까지 자신 앞의 철판을 노란색 페인트로 칠해야 한다. 그런데 페인트를 발라버리면 잃어버린 걸 영원히 되찾지 못할 것 같다.

은 재질의 묵주 반지, 네 잎 클로버, 실업계 고등학교에 다니던 시절 친구들에게 받은 엽서와 편지들, (나나 무스쿠리가 부른 「사랑의 기쁨」과 아바의 노래들이 녹음된) 카세트테이프, 책갈피에 끼워 말린 꽃잎들, 인조 보석이 일곱 개 박힌 상아색 머리핀, 리코더, 하모니카, 쓰다 만 일기장……

여자는 철판을 응시하며 자신이 잃어버린 것들을 하나씩 떠올린다. 그 모든 게 철판에 숨은 그림처럼 숨겨져 있기라도 한 듯.

복숭아빛 손톱, (누군가 자신의 이름을 부르는 소리만 들려도) 불그스름하게 물들던 뺨……

"난 어릴 때 나뭇잎하고도 얘길 나눴어."

철판 앞 여자가 갑자기 훌쩍이기 시작한다.

"사과가 아플까 봐 사과를 깨물지 못했어."

여자는 울면서 페인트통 뚜껑을 딴다. 뚜껑이 꽉 닫혀 있어서 그것을 잡아 당기는 여자의 손가락들에 힘이 들어간다.

둥글고 납작한 뚜껑이 잡혔다 달아나는 새처럼 여자의 손가락들에서 미끄러진다.

16

"목말라……"

"물 마셔."

"안 마실래."

"페인트통 뚜껑이 날아가네."

"녹은 투명한 물고기를 먹고 나날이 가벼워졌어."

"아, 목말라……"

"물 마시라니까."

"안 마실래."

"목마르다는 소리나 말든지."

"물 마시면 오줌 마렵단 말이야. 오줌 누려면 저 위에 올라가야 해. 저 위가 오죽 멀어. 그럼 오늘 여길 다 못 칠할 게 뻔하고 반장 잔소리를 들어야 한단 말이야. 내가 나이 먹는데 보태준 것도 없으면서 나이 많다고 면박 주겠지."

"반장이 너한테 반말하더라."

"여섯 살이나 어린 게 처음부터 반말이지 뭐야."

"네가 여자니까, 하루살이 노동자니까."

"하루살이?"

"하루 벌어 하루 먹고사는 노동자. 하루살이 노동자는 하루 일하고 죽어. 그러고 다시 태어나 하루 일하고 죽고 다시 태어나…… 반복이야. 다시 못 태어나기도 해."

"자꾸 반말하는 게 기분 나빠서 며칠 전에 나이도 어리면서 왜 반말이냐고 따졌더니, 반장이 쌍꺼풀 진 큰 눈을 끔벅이며 그러데. '난 내 엄마한테도 반말하는데.'"

"오늘따라 쇳가루가 많이 내리네."

"고통 없는 삶은 진정한 삶이 아니래."

"반장, 빵(빵)……"

"더 가벼워지고 싶은 욕심에 녹은 투명한 물고기만 먹었어. 녹의 몸은 가벼워지다 못해 살갗이 얇아지고 투명해져서 핏줄과 뼈, 심장이 들여다보일 정도였어. 조선소가 쉬는 날, 녹은 자신의 몸이 얼마나 가늘어지고 투명해졌는지 보려고 벌거벗은 몸을 여관방 거울에 비춰봤어. 녹이 장기 투숙하던 여관에는 방 벽마다 전신 거울이 매달려 있었어. 인도 향신료 냄새, 아기 울음소리, 라디오 소리, 티브이 소리, 여관에서 청소 일하는 할머니가 슬리퍼를 끌며 복도를 걸어가는 소리, 여관 주인 부부가 욕설을 섞어가며 싸우는 소리, 부술 듯 문을 여닫는 소리, 좌변기 물 내려가는 소리, 세탁실의 세탁기 세 대가 동시에 돌아가는 소리, 목소리가 우렁찬 아기가 칭얼거리는 소리…… 지은 지 20년도 더 된 낡은 여관은 소리들로 터지기 일보직전이었어. 외국에서 온 조선소 노동자들이 주로 모여 사는 그 여관에는 알람이라는 돌 갓 지난 아기도 살고 있었어. 알람의 아빠도 조선소의 발판공이었어. 알람의 엄마는 해가 지고 달이 뜨면 오이 비누로 목욕을 하고, 장미향 샴푸로 머리카락을 감고, 말똥말똥 눈을 뜨고 있는 알람을 품에 안고 여관 앞 놀이터에 나와 남편을 기다렸어. 알람의 엄마는 마을 여자들이 놀이터 앞으로 지나갈 때마다 그녀의 고향 방글라데시에서 쓰는 말로 중얼거렸어. '알람은 조선소 마을에서 태어났어요.'"

"달걀 속껍질만큼 얇아진 살갗과 뼈들, 검보랏빛 혈관들…… 녹은 심장에서 눈을 뗄 수 없었어. 1초 간격으로 뛰고 있는 심장이 할머니의 손에 들려 있던 껍질을 싹 벗긴 토끼를 떠올리게 했거든. 녹이 조선소 노동자가 되기 위해 고향을 떠나기 전날, 녹의 할머니는 집에서 키우던 토끼를 잡아 소금으로 간을 하고 기름에 튀겨 녹에게 먹였어. 녹이 조신소로 떠나고 넉 달 뒤 할머니는 세상을 떠났어."

"녹은 계속 투명한 물고기를 먹었고 급기야 제대로 서 있을 수 없을 만큼 가벼워졌어. 비틀거리고, 넘어지고, 꼬꾸라지고. 철상자를 찾아 떠나던 날 아침, 녹은 작업복 웃옷 양쪽 주머니에 못을 잔뜩 집어넣었어. 그리고 큰맘 먹고 장만한 새 작업화를 신었지. 그 바람에 녹은 도로 무거워졌어."

17

내 눈썹과 눈꺼풀에 쇳가루가 계속 내리쌓인다. 철상자 어디선가 나사못이 무더기로 떨어진다.

나는 뻣뻣해진 눈꺼풀에 힘을 주고 막 철판에 목화솜 뭉치처럼 피어난 불꽃을 바라본다. 작지만 격렬히 타오르던 불꽃은 목화솜 뭉치처럼 뭉게뭉게 피어나는 연기를 남기고 허무하게 쪼그라든다.

"자옥아, 세상에서 가장 못 믿을 말이 뭔지 알아?"

"사랑해."

"틀렸어."

"사랑 안 해."

"사랑해. 사랑 안 해. 결국 똑같은 말이야."

"그럼 뭐야?"

"네 인생 내가 책임져줄게."

깜박, 깜박, 깜박……

"알람의 아빠도 녹과 함께 철상자를 찾아 떠났어."

"아, 피가 뜨거워지기 시작했어."

탁, 탁, 탁, 탁, 지지직— 지지직— 불티 한 점이 날아와 작업화를 신은 내 발등에 떨어진다. 넋 놓고 있던 나는 놀라 뒷걸음질한다. 휘청거리다 애써 정신을 차리며 운이 좋았다고 중얼거린다. 불티가 작업화 속으로 떨어지진 않았으니까. 재수가 없었으면 불티가 작업화 속으로 떨어졌을 테고, 더 재수가 없었으면 양말에 불이 붙어 발에 화상을 입었을 것이다.

"누구야! 누가 내 머리에 깡통 뚜껑 떨어뜨렸어!"

깜박, 깜박, 깜박……

"내 얼굴로 작업화가 떨어졌어."

"발판이 내 어깨를 때렸어. 어깨가 먹구름처럼 시커멓게 부어올랐어. 엑스레이를 찍었더니 어깨에 금이 가 있었어."

"얼굴로 떨어지는 불티를 피하려고 몸을 돌리다 허리를

빼끗했지.”

수레를 끌며 걸어가던 늙은 남자가 고개를 쳐든다. 깜박이는 전구를 지긋한 눈빛으로 바라보며 읊조린다.

“저 위에서 뭐가 떨어질지 우린 알 수 없어.”

“못, 망치, 페인트, 발판, 작업화, 팔, 안전모, 손……”

“사람.”

“사람이 떨어지는 게 가장 무서워.”

“제발, 사람만 떨어뜨리지 말아주세요!”

18

"손녀 얼굴이 내 눈에서 떠나지 않네. 세상에 태어난 지 하루도 안 된 얼굴…… 내 얼굴을 빼닮은 얼굴……"

"내 얼굴."

"내 아기 때 얼굴."

"노래를 불러……"

"새끼손가락으로 볼이라도 쓰다듬어볼걸."

"새벽에 꾸는 꿈처럼 짧은 노래는 말고. 전날 뿌리까지 썩은 어금니 세 개를 빼고, 입에 방진 마스크를 쓰고, 철판에 페인트를 칠하며 노래를 불렀어. 너무 짧은 노래. 지나가던 사상공이 내 노랫소리를 듣고는 버럭 화를 냈어. '아줌마, 방금 뭐라고 욕했어?'"

멀리 날아갔던 앵무새 여자가 붓을 파닥파닥 흔들며 다

시 날아온다.

"아아, 난 죽을 뻔했어요."

"세상은 작아지고 있어. 꾸준히 작아져서 씨앗만 해질 거야. 세상은 작아지고 있는데 우리는 산처럼 거대한 철배를 만들고 있네. 세상이 작아지고 있어서 나무도, 바위도 덩달아 점점 작아지고 있어. 개미도, 벌도, 까마귀도, 전화기도. 시계도 작아지고 있는데 시간은 빨라지고 있어. 오늘 밤 집에 가면 시계를 잘 들여다봐. 초침이 빨라진 걸 느낄 수 있을 거야."

"어디까지가 세상이야?"

"세상은 시간이기도 하고, 공간이기도 해."

"그래서 어디까지가 세상이야?"

"넷이 들어갔어."

"셋이 돼 나왔어."

19

쇳덩이가 뿌리 없이 떠오른다.

쇳덩이가 그림자 없이 떠오른다.

"철상자 어딘가 시계가 있어. 강 씨라는 말더듬이 청소부가 철상자를 떠나며 두고 간 시계. 그는 철상자를 떠나고 얼마 뒤 세상마저 떠났어. 시계는 시침도, 분침도, 초침도 없어서 영원이라는 시간에 영원히 머물러 있어."

"내 손이 왜 저렇게 멀찍이 있지?"

"내 손이 망치를 들고 있네."

"망치가 내 손을 놓아주지 않네."

"망치가 내 손을 데리고 달아나네."

"내 손가락들 못 봤어? 여기 어딘가에 뒀는데……"

"피야."

"살이야."

"쇠야."

"나는 누구야?"

"너는 누구야?"

쇳덩이가 높이를 모르고 계속 떠오른다.

"나는 누굴까?"

"너는 누굴까?"

8층 높이까지 떠오른 쇳덩이에 개가 검은 유성 펜 같은 걸로 그려져 있다. 개 그림 밑에 이름인 듯 글자가 씌어 있다.

*라이카**

* 1957년, 소련에서 최초로 우주선에 태워진 개 이름.

개 그림에서 조금 떨어진 곳에 모음이 유별나게 금직한 글자들이 탈선한 열차처럼 삐뚤빼뚤 길게 나열돼 있다.

잃어버린 개를 찾습니다. 개를 찾아주는 인간에게는 심심찮게 사례하겠습니다.

내 개 좀 꼭 찾아줘!

20

"제길, 너무 가깝군."

우주인처럼 차려입은 사내는 철판에서 두 발짝 뒤로 물러선다.

"좀 먼가……?"

사내는 한 발짝 도로 철판에 다가선다. 너무 가까워도 너무 멀어도 안 된다.

다, 른, 데, 로, 가.

사내는 한 번 더 소리 내 읽고 나서야 철판을 향해 호스를 치켜든다. 글자 '다'에 호스 끝을 겨눈다. 지름이 10센티인 호스에서 토해지는 철알갱이들에 '다'가 긁혀 떨어지며 잿빛 쇳가루 구름이 뭉글뭉글 일어난다.

사내는 샌딩공으로 철판 표면에 생긴 녹 같은 불순물이나 용접 그을음 같은 얼룩, 낙서를 제거하는 일을 한다. 철 표면이 매끈하지 않으면 페인트칠이 깔끔하게 안 되고 금방 벗겨진다. 그래서 샌딩공들은 페인트칠을 하기 전 철판에 모래알 같은 철알갱이를 분사해 녹과 얼룩을 제거한다. 작업 내내 숨을 쉴 수 없을 만큼 철알갱이가 심하게 날리기 때문에 샌딩공들은 작업복 위에 우주복 같은 방진 피스복을 입고, 방진 마스크 위에 우주비행사 헬멧처럼 생긴 송기 마스크를 쓴다. 귀마개, 얼굴 가리는 수건, 방진 마스크, 송기 마스크, 보안경, 목장갑, 코팅 장갑, 가죽 재질의 진동 장갑, 작업복, 방진 피스복, 에어 자켓, 에어 벨트, 팔 토시, 발 토시…… 샌딩공들은 말한다. 그 모든 걸 입는 데 15분은 걸린다고. 서두르면 10분 만에 입을 수도 있다고.

"무하마드!"

"나 무하마드 아니야."

"무하마드, 꿔다놓은 보릿자루처럼 서 있지 말고 이리 와서 가스통 날라!"

"반장, 나 무하마드 아니야."

"무하마드, 어서!"

파워공 셋은 그라인더로 철판을 간다. 표면이 고르지 못한 용접 부위를, 무서운 속도로 회전하는 그라인더 날로 갈아 매끈하게 다듬어주는 것이다. 한 손으로는 그라인더 손잡이를 잡고(자동차 브레이크처럼 생긴 손잡이가 달려 있다), 다른 손으로는 (그라인더와) 에어호스가 연결된 부위를 잡고 버티는 파워공들은 흡사 날개가 찢기고 몸통만 남은 잠자리 같다. 빙글빙글 돌아가는 그라인더는 잠자리의 머리다. 잠자리들은 날개가 찢기고 없는 걸 까맣게 모르고 허공으로 날아오르려 푸르스름한 몸통을 수직으로 곧추세우고 부단히 떨고 있다. 그라인더 세 개가 거의 동시에 돌아가며 내는 굉음은 끔찍할 정도로 대단해서 듣고만 있어도 귀가 통째로 갈리는 것 같다. 쇳가루가 엄청나게 날리기 때문에 파워공 근처에는 얼씬도 않는 게 상책이지만 그럴 수가 없다.

그라인더 세 개 중 하나에서 쇳가루가 유난히 심하게 날린다. 먹구름처럼 일어나는 쇳가루에 파워공의 얼굴이 삼켜졌다 토해진다.

파워공 하나가 그라인더를 거둔다. 허공에서 빙글빙글 돌아가던 그라인더가 한순간 멎는다. 파워공의 두 팔은 그러나 그라인더가 멎지 않고 계속 돌아가기라도 하는 듯 덜덜덜 떨린다.

파워공들이 훑고 지나간 철판은 그라인더 날 자국이 고스란히 남아 있어서 흉측하지만 멀찍이 떨어져서 올려다보면 물결처럼 보인다.

"반장, 무하마드 누구야?"

"무하마드!"

"무하마드 어디 있어?"

"으싸, 으싸……"

철계단 밑에서 울리는 구령 소리는 포설공들이 전선을 당기며 내는 소리다. 포설공들은 무리 지어 다니며 전선을 당기고 밀고, 끌고, 깔며, 철상자 바닥에 설치한다. 전선은 새끼손가락 굵기부터 종아리 굵기까지 다양하다. 포설공들이 아나콘다라고 부를 만큼 무게가 상당한 전선을 옮길 때면 여남은 명이 매달려 줄다리기하듯 잡아당기는데 종일 그 일을 하고 나면 반 시체가 될 만큼 중노동이다.

조선소에서 가장 위험하고 사고가 빈번한 작업이 철상자 허공에 공중누각을 짓는 거라면 가장 고된 작업은 포설이다. 그 일을 1년쯤 하면 어깨와 손목 인대가 파열되고 근육이 늘어난다.

단열공들은 포설공들을 보면 입버릇처럼 말한다.

"우리 일이 훨씬 나아."

"그럼, 그럼, 폐병이 들어 수명이 줄어들지언정 우리 일이 훨씬 낫지."

"자네, 전에는 어디에 있었나?"

"조선소요."

"그렇군. 이 조선소에서 저 조선소로…… 조선소를 떠돌다 아까운 인생 다 가는 거지……"

단열공들은 야외 수업을 하는 유치원생들처럼 노란 안전모를 머리에 쓰고 둥글게 모여 앉아 함석판을 가위로 오리고 있다. 함석판은 겉에 아연을 입힌 강철판으로, 배관 파이프를 감싸는 데 쓰는 단열재다. (단열공들은 파이프들을 스펀지 단열재로 한 차례 감싸고, 함석판으로 한 번 더 감싼다.) 철배가 바다를 떠다니는 동안 물과 가스를 공급하는 배관 파이프들은 복잡하게 얽혀 있고 모양과 굵기가 다양하다. 그래서 눈썰미와 그림 솜씨가 있는 단열공이 파이프들의 둘레와 길이를 재 종이에 설계도를 그리면, 다른 꼼꼼한 단열공이 가로 1.5, 세로 3미터인 함석판에 설계도를 그대로 옮겨 그린다. 그럼 기다리고 있던 나머지 단열공들은 함석판을 한 장씩 붙들고 앉아 가위로 그것을 오린다.

"사수, 이 가위는 더 안 드는 것 같아요. 새 가위 없어요?"

"자넨 머리는 있는데 일머리가 없군. 자네 애인 있나?"

"왜요, 내가 애인도 없을까 봐서요?"

"굼벵이도 구르는 재주가 있다더니, 사귄 지 얼마나 됐나?"

"126일이요."

"한창 좋을 때군. 그래서 자네 애인은 어디에 있나?"

"멀리 있어요."

"보고 싶겠군."

"네, 밤마다 보고 싶어서 미쳐버릴 것 같아요."

"자네 아무리 보고 싶어도 애인 생각은 절대 하지 말게."

"왜요?"

"산업안전공단 공익광고도 못 봤나? '일하다 여자친구 생각하지 마라. 너 다친다.'"

"무하마드!"

"아저씨, 무하마드 누구야?"

"무하마드?"

"무하마드 누구야? 무하마드 어디 있어?"

"무하마드는 왜 찾아?"

"반장이 나보고 무하마드래. 나, 무하마드 아닌데……"

"사수는 함석판을 색종이 자르듯 잘도 자르네요."

"내가 왜 이렇게 잘 자르는지 아나?"

"가위가 잘 들어서요?"

"아니."

"요령이 생겨서요?"

"아니, 자르기 쉬운 사람이라서."

검은 방진복 차림의 스프레이 도장공이 고개를 들고, 자신의 정수리에서 두 뼘쯤 떨어진 높이에 둥둥 떠 있는 쇳덩이를 올려다본다.

"밤이네…… 달도, 별도 안 떴네."

도장공은 손에 들린 스프레이를 쇳덩이를 향해 치켜든다. 빨간색 페인트가 분사되며 쇳덩이가 빨갛게, 빨갛게 물든다.

"세상에서 가장 긴 사다리가 철상자 속에 있어."

"세상에서 가장 짧고 못생긴 사다리도 철상자 속에 있어."

"빨갛게, 빨갛게."

"빨갛게, 빨갛게 물드는 쇳덩이 아래 스프레이 도장공의 눈썹도 빨갛게, 빨갛게 물든다."

21

철판과 철판이 완벽하게 맞물리지 못하고 들뜬 새로 습자지처럼 희미하고 얇은 빛이 비쳐 든다.

한순간 빛이 부채처럼 퍼지며 철계단의 휘어진 난간을, 벌집처럼 숭숭 구멍 뚫린 발판을, 그라인더 날들이 거칠게 훑고 지나간 철판 표면을 비춘다.

양이나 염소 같은 묵직한 게 철상자 바닥에 떨어지는 소리—

"또 뭐가 떨어진 거야?"

"얼굴이 있어?"

"얼굴은 없어."

"손은?"

"손도 없어."

"이빨은?"

"이빨 같은 건 있어."

"뭐지?"

"이빨 같은 게 몇 개야."
"하나, 둘, 셋, 넷, 다섯……"

"그만 세고 어서 저리 치워!"

"무하마드!"

붉은 무쇠 사다리를 엉금엉금 오르던 사내가 문득 턱을 치켜들고 위를 올려다본다.
"끝이 안 보이네……"

"종일 철상자 속에서 살다 보니 세상이 어떻게 돌아가는지 모르겠네."
"티브이도 안 봐?"
"티브이에서 떠드는 소식 말고, '장미꽃은 흙이 되었다'*

* 오시프 만델슈탐, 「무거움과 부드러움」, 『아무것도 말할 필요가 없다』, 조주관 옮김, 문학의 숲, 2012.

같은 소식 말이야."

"아, 바람 한 점 안 부네."

"철상자를 바람으로 채우고 싶어. 이 안의 우리 모두 날아가 버리게."

"철상자를 안개로 채우고 싶어. 이 안의 우리 모두 지워져버리게."

"철상자를 비누 거품으로 채우고 싶어. 비누 거품들이 보글보글 끓어 올라 철상자가 빵— 하고 터져버리게."

"얼마나 됐어?"

"1년 조금 넘었어. 구인구직 사이트에서 조선소 포설공을 모집한다는 광고를 봤어. 숙식 제공에 초보자도 환영한다기에 전화했더니 당장 면접을 보러 오라고 하지 뭐야. 새벽 첫차를 타고 내려와 조선소 구내식당 매점에서 활명수를 마시며 면접을 봤어. 반장이 내게 전에 무슨 일을 했는지 묻더군. 고속버스 터미널에서 청소 일 하다 주유소에서 아르바이트를 했다고 솔직하게 말했지. 반장이 내 손가락들을 살피더니 몸 치수를 묻고는, 잠깐 기다리라는 말을 남기고 자리를 떴어. 30분이나 지나서야 종이봉투를 들고 나타났어. 거의 새 것이나 다름없다며 작업복이 담긴 종이봉투를 내게 건네더군. 포설공이 되고, 조선소에 첫 출근하던 날 아침에 여관방에서 작업복을 챙겨 입으면서 생각했지. 누가 입었던 작업복일까, 몇 사람이나 입었던 작업복일까. 한 사람, 두 사람, 세 사람, 네 사람……"

"라이카는 조선소 마을의 떠돌이 개였어."

"어느 날 조선소 마을의 과학자들이 라이카를 포획해 철상자에 집어넣었어."

"그러고 철상자를 우주로 쏘아 올렸어."

22

철판과 철판이 들떠 벌어진 틈을 살피는 최 씨에게 나는 무심히 묻는다.

"붙일 수 있겠어요?"

"붙여봐야지……"

"어떻게요?"

"잡아당겨서……"

"철판이에요."

"그래서?"

"고무가 아니라고요."

"음, 그렇군."

최 씨가 어깨를 으쓱하며 입을 일그러뜨린다.

나는 틈을 물끄러미 응시한다. 동전만 한 빛이 떠 있다. 퍼지고 퍼져 철상자 가장 밑바닥을, 복주 언니가 타고 내려간 사다리를 비추기를 바라지만, 빛은 먼 곳으로 떠나는 기차의 꽁무니처럼 흔들리며 멀어진다. 불쑥 틈 속이 죽음이거나, 끝없는 추락만 있는 낭떠러지이거나, 다른 세상으로 이어지는 길고 뿌연 통로 중 하나일 것 같다.

다른 세상 같은 건 없어…… 나는 중얼거리며 눈꺼풀을

꾹 감았다 뜬다.

최 씨가 머리 위에 걸쳐놓았던 용접 마스크를 끌어내려 얼굴에 쓰더니 개구리 자세를 취한다. 우스꽝스럽지만 웃을 수 없다. 저런 자세로 용접하는 게 얼마나 힘든지 알기 때문이다. 최 씨의 골반과 엉덩이에 힘이 들어가는 게 느껴진다. 용접공들은 발판에 무릎을 꿇고서, 납작 엎드리고, 쭈그리고 앉아, 때로는 드러누워서 용접 작업을 한다. 손과 용접기만 겨우 들어갈 만큼 협소한 곳은 한 손에 거울을 들고, 다른 손에는 용접기를 들고 용접할 곳을 거울로 비춰가며 작업을 한다. 부자연스러운 자세로 장시간 작업하다 보니 예사로 어깨나 등에 담이 들고 허리나 목을 삐끗한다.

"열, 열하나, 열둘, 열셋……"

"저리 치우라니까!"

"너무 무거워서 혼자서는 못 들겠어."

붉은 무쇠 사다리 너머 흑백 화면 같은 철판에는 30여 명의 사람들이 달라붙어 있다. 철판은 수직으로 서 있는 것 같지만 앞으로 완만히 기울어져 있다. 사람들은 철판을 때리고, 긁고, 깎고, 구기고, 지지고, 늘리고 있다.

붉은 무쇠 사다리의 기울기는 80도쯤이다.

깜박, 깜박, 깜박……

"내일 하늘이 두 쪽 나더라도 오늘 안으로 끝내야 해. 그래야 철배가 제날짜에 바다에 나가지."

"철배가 언제 바다에 나가야 하는데요?"

"언제?"

"네, 언제요."

"그러게…… 하여간 오늘 안으로 끝내야 철배가 제날짜에 바다에 나갈 수 있으니까."

"사수는 철배를 봤어요?"

"뭐?"

"철배요."

"30년도 더 전이지…… 철배가 마침내 완성돼 진수식을 갖는다는 소문을 들었어. 난 철배를 보러 갔어. 바다에서 밀려온 안개가 철배를 삼키고 있었어. 소름 끼치게 어마어마한 철덩어리가 느껴지더군. 철덩어리에 기가 눌려 두 다리가 후들거리고 머리카락이 쭈뼛쭈뼛 섰어. 안개에서 철 비린내가 났어. 철조각과 못을 주워 먹어 무거워지고 모습이 흉측해진 갈매기들이 안개 속을 낮게 날아다녔어."

"그래서 철배를 봤어요?"

"자네, 몇 살이지?"

"스물두 살이요."

"마스크는 어쨌나?"

"답답해서 벗었어요."

"병들고 싶지 않으면 써."

"걱정 마세요! 난 병들기 전에 조선소를 뜰 거라구요."

"음, 그렇군."

"철배가 완성되면 구경하고 뜨려고 버티고 있는 거란 말이에요."

"철배가 언제 완성되는데?"

"반장 말이 7월 전에는 철배가 완성돼 바다로 나갈 거라던데요."

"흥, 설사 철배가 정말 완성된다 하더라도 철배 구경이라면 꿈도 꾸지 말게."

"왜요, 안개 때문에요?"

"아니……"

"그럼 뭐 때문에요?"

"하여간 자네는 철배를 결코 볼 수 없을 거야."

"왜요?"

"왜?"

"네, 왜 볼 수 없는데요?"

"진짜 거대한 건 볼 수 없는 법이거든."

"무하마드!"

"우리는 우리가 볼 수 없는 걸 만들어."

"우리는 우리가 만질 수 없는 걸 만들어."

"우리는 우리가 사랑할 수 없는 걸 만들어."

철배는 없다. 우리 중 아무도 그것을 보지 못했으니 우리에게 철배는 없는 것이나 다름없다. 철배는 없지만 철배를 만드는 철은 있다. 우리는 우리의 살보다, 뼈보다 철을 더 많이 만진다.

우리는 철배가 없다는 생각을 못 하는데 우리는 그것의 심장이 될 철상자 속에서 종일 살기 때문이다. 그 속에서 종일 철을 망치질로 때리고, 페인트를 칠하고, 철을 자르고 붙이고 다듬기 때문이다. 게다가 우리는 그것을 만드느라 불구가 되고, 병이 들고, 죽기도 한다.

철배는 없지만 철은 있다.

철상자 속 나는 정자 언니고, 분희고, 복주 언니고, 앵무새 여자, 최 씨이고 늙은 망치공이며, 불 감시자인 나 자신이기도 하다.

나는 3천 개, 내 손은 6천 개, 내 손가락은 3만 개.

우리 중에는 마을에서 가장 작은 사람도 있다. 가장 눈물이 많은 사람도, 가장 말수가 적은 사람도, 가장 수줍음을 많이 타는 사람도, 가장 가난했던 사람도.

가장 가난했던 사람은 게을러서, 멍청해서, 아끼지 않아서 가난하게 살고 있다는 손가락질을 받았다. 그는 아침부터 저녁 늦게까지 망치질을 하지만 여전히 가난하다.

"나는 조선소 노동자가 아니야. 너도 조선소 노동자가 아니야."

"아니야. 나는 조선소 노동자야."

"너 그 작업복 어디서 났어?"

"주워 입었지. 면접 본 날 반장이 탈의실 같은 데로 데리고 가더니 말했어. '맞는 걸로 대충 골라 입어.' 작업복 수십 벌이 먼지 구덩이 바닥에 웃옷 따로, 바지 따로 나뒹굴고 있었어. 그래서 내가 그랬지. '입다 버린 작업복들이잖아요.'

졸린 얼굴로 하품을 하던 반장이 그러더군. '뭘 바라는 거야?' 나는 울며 겨자 먹기로 가장 때가 덜 타고 덜 구겨진 웃옷과 바지를 골랐지. 웃옷은 그럭저럭 맞는데 바지가 커서 옷수선 가게에서 줄여 입었어. 포설공이 돼 전선을 잡아당기는데 허벅지에서 찢어지는 소리가 났어."

"작업화는?"

"주워 신었지."

"조선소 노동자는 작업복을 주워 입지 않아. 조선소에서 때마다 새 작업복을 나눠주거든. 새 작업화도, 새 장갑도, 새 방진 마스크도."

"반장은?"

"반장도 조선소 노동자가 아니야."

"그럼 누가 조선소 노동자야?"

"우리 중에는 없어. 나는 조선소에서 일한 지 2년이 넘었지만 조선소 노동자를 만난 적이 없어."

"그래? 그들은 어디에 있는데?"

"그들은 그들끼리 있어."

"그들은 그들끼리 어디에 있어?"

"철상자 속에. 그들도 철상자 어딘가에 있어."

"그럼, 조선소 주인은 어디에 있어?"

우리는 종종 묻곤 한다. 조선소 주인은 어디에 있는지. 우리는 철배를 보지 못했듯 그 역시 보지 못했다. 분희는 그가 조선소 마을에 살지 않는다고 했다.

"그는 조선소 주인이지만 철배가 어떻게 만들어지는지 몰라. 그는 철상자에 든 적도 없어."

그녀는 또 말했다.

그는 망치로 철을 때려본 적도, 허공에 떠 있는 발판 위에 두 발을 디뎌본 적도, 용접 불티를 쬐본 적도 없을 거라고. 철에서 빛이 나려면 손가락에서 피가 나야 한다는 걸 그는 모를 거라고.

"그리고 그는 우리를 몰라. 그래서 우리가 죽어도 몰라."

조선소 주인은 어떻게 조선소 주인이 됐어?" 나는 분희에게 물었다.

"그는 그냥 조선소 주인의 아들로 태어났어."

"조선소에서 우리가 만드는 철배는 조선소 주인의 것이다. 그리고 철상자 속 우리는 3천 명이지만 조선소 주인은 한 명이다.

"그는 철배가 완성되기 전에 그것을 부호들에게 팔지. 철배가 없어도 그것을 팔아 부자가 돼. 그는 세상에 태어나기 전에 이미 엄청난 부자였지만, 더 부자가 돼."

불쑥 나는 궁금하다. 아주 오래전에, 자신의 아버지가 조선소 주인이던 시절에 철상자를 찾아 떠난 발판공들이 아직 돌아오지 않았다는 걸 조선소 주인은 알고 있을까?

23

“스물여섯, 스물일곱, 스물여덟……”

“저리 치우라니까.”

“당신 손의 살과 피와 뼈로 내 손을 채워주시고.”

“당신 심장의 살과 피와 박동으로 내 심장을 채워주시고.”

“밤마다 기도했어……”

“당신 손의 살과 피와 뼈로 내 손을 채워주시고.”

“밤마다 관절염 약을 먹고 누워 잠들 때까지 똑같은 기도를 간절히 드렸어. 마누라도 내 옆에 누워 함께 기도드리곤 했어. 마디가 퉁퉁 붓고 뒤틀린 내 손가락들을 어루만지며 ‘당신 손의 살과 피와 뼈로 내 남편의 손을 채워주시고……’ 마침내 우리 늙은 부부의 기도를 들어줬어. 당신 손의 살과 피와 뼈가 내 손에서 넘쳐흘러 내 손을 부숴놓았어.”

24

발판공들은 철상자를 찾아갔어.

아주 오래전이야.

철상자는 달만큼 커.

동쪽 바다에 떠오른 해를 얼굴에 받으며 떠나는 발판공들 속에 내 아들도 있었어.

네 남편도.

네 애인도.

발판공들은 날아다니며 철상자 속에 길을 놓고 계단을 쌓아.

날아다니다 떨어져 날개가 부러지기도 해. 날개가 없지만 날개가 부러져. 철상자 바닥에 떨어질 때 날개 뼈 부러지는 소리가 나거든.

아주 오래전이야.

아직 아무도 돌아오지 않았어.

25

한 치수 큼직한 푸른 작업복을 입고 목에 배꽃색 가제 손수건을 두른 늙은 사내가 혼잣말을 중얼거리며 수레를 끌고 내 뒤로 지나간다. 자옥의 오빠이자 청소부인 오 씨다. 그는 수레를 끌고 철상자를 순례하듯 돌아다니며 철상자 바닥에 내리쌓이는 쇳가루와 녹가루를 빗자루로 쓸고 사방에 나뒹구는 철조각이나 철사 조각, 못 등을 줍는다.

경자는 오 씨가 미쳤다고 말한다. 그래서 우리가 알아들을 수 없는 뜻모를 말을 중얼거리는 거라고. 그는 우리 누구와도 어울리지 않지만, 그 누구에게도 결코 먼저 말을 거는 법이 없지만 우리 중 누군가 자신에게 말을 건네면, 목소리만 있는 존재가 멀리서 응답하듯 몇 초간 시차를 뒀다 대꾸한다. 그 몇 초는 길어야 4, 5초에 불과하지만 몹시 길게 느껴진다. 그가 조선소로 흘러들기 전에 어떤 일을 했는지, 어쩌다 조선소의 청소부가 됐는지는 비밀에 휩싸여 있다. 자옥은 자신의 오빠에 대해 말하고 싶어 하지 않고 우리 중 누가 그에 대해 물으면 불같이 화를 낸다. 철상자에서 그가 자신 앞으로 지나가도, 어쩌다 구내식당에서 마주쳐도 본체만체하지만 나는 그녀가 자신의 오빠를 끔찍이 위한다는 걸 알고 있다. 조선소가 쉬는 날 나는 그녀가 삼계탕이 든 양은 냄비를 들고 오 씨가 묵고 있는 여관을 찾아가는 걸 우연히 봤다.

"오 씨 아저씨……"

"누구야, 누가 날 불렀어?"

"누구야?"

나는 입을 다문다. 두리번거리던 그와 눈이 마주치는 순간 나는 자신도 모르게 완강히 고개를 흔든다.

"내가 안 불렀어요."

"그래?"

"네…… 나는 아무도 안 불렀어요."

철상자에서 나는 아무도 부르지 않는다. 아무도 부르지 않는다……

오 씨는 손등으로 눈을 문지르다 다시 수레를 끌며 쇳가루를 헤치고 앞으로 나아간다.

얼마 전 그는 왼쪽 눈 시력을 잃었다. 포물선을 그리며 얼굴로 떨어지는 불티들을 그는 혜성의 무리로 착각했고, 개구리의 눈에 달린 눈꺼풀이 자신의 눈에도 달렸다는 걸 깜박하고는 두 눈을 뜬 채로 자신의 얼굴에 떨어지는 불티들을 맞았다. 불티들은 그의 얼굴에 코스모스 씨가 박힌 것 같은 흉터를 남기고, 눈동자 망막을 태웠다.

"철상자에서 죽는 건 나무가 없는 곳에서 죽는 거야."

"새도 없는 곳에서 죽는 거야."

"물고기도 없는 곳에서 죽는 거고."

26

"저어, 저으라구!"

"서둘러, 조금 있으면 안전 요원들 돌 시간이야."

부단히 무쇠 사다리를 오르던 사내가 매미 허물처럼 매달려 쉬고 있다. 사내의 등에 매달린 배낭의 벌어진 지퍼 새로 전동 드릴 손잡이가 쑥 나와 있다. 무쇠 사다리는 가까이 다가가 들여다보면 용접으로 때운 자국투성이다. 사다리 아래쪽에서 잿빛 연기가 피어오른다. 그물처럼 퍼져 흩어지는 연기 때문에 사다리는 부표처럼 둥둥 떠 있는 것 같다.

"거기 막내!"

"나요?"

"저 위에 올라갔다 와."

"또요?"

"올라가서 이 안에 바람 좀 넣어달라고 해."

"하지만 난 방금 저 위에서 내려왔는걸요. 게다가 빨간 페인트를 나르느라 벌써 여섯 번이나 저 위에 올라갔다 왔다구요."

"투덜거리지 말고 얼른!"

"저 위는 너무 멀단 말이에요."

"멀어도 어쩔 수 없지…… 말을 안 하면 종일 바람 한 점 넣어줄 생각을 안 하니까."

"페인트 젓는 것은 어쩌고요?"

"그건 나중에 하고 어서! 바람을 안 넣어주면 이 안에 있는 우리 전부 질식해 죽을 거라고 해."

"전부요?"

"그래, 이 안에 있는 우리 전부!"

"우리가 전부 몇 명이에요?"

"3천 명이 넘지."

"우리가 그렇게나 많아요?"

"저길 보라구!"

"바글바글하네요. 근데 누구한테 말하면 돼요?"

"누구?"

"이 안에 바람 좀 넣어달라고 누구한테 말하면 되는데요?"

"위에!"

"위요?"

"그래, 위! 위에 대고 말하면 무슨 대꾸가 있을 거야. 하여간 대꾸는 하니까."

"한 번 말해서는 안 들을걸."

"열 번은 말해야 당나귀 콧김 같은 바람을 겨우 넣어주니까."

"빛도 조금 넣어달라고 해."

"눈도 몇 송이!"

"비도 몇 방울!"

"새도 한 마리!"

"구름도 한 점. 구름 따라 흘러가게……"

망치 수십 개가 철판을 때리는 소리가 세차다. 그 소리는 점점 빠르고 거세진다. 철상자가 통째로 찌그러지며 그 소리에 빨려 들어간다.

27

용접공 박 씨가 벌렁 드러눕더니 토끼 굴처럼 옹색한 철구멍에 몸을 밀어 넣기 시작한다.

철구멍 입구 둘레는 검은빛이 돌고 볼품 사납게 찌그러졌다.

작업화 신은 두 발.

종아리.

무릎.

지저귀는 못 여섯 개.

허벅지.

"젠장, 엉덩이가 꼈군!"

박 씨는 철구멍 입구에 꽉 낀 엉덩이를 어떻게든 밀어 넣으려 몸을 이리저리 뒤튼다.

엉덩이가 철구멍 속으로 밀려 들어가는가 싶더니 골반이 낀다. 박 씨는 당혹스러워하며 입을 붕어처럼 벌리고 숨을 거칠게 몰아쉰다. 땀범벅인 몸을 지그재그로 움직여 골반을 철구멍에 간신히 욱여넣는다.

"들어가면 못 나올 거야."

"그래도 난 들어가야 해. 저 안의 금 간 델 때워야 하거든."

박 씨는 몸을 짜부라뜨리고 구겨가며 철구멍 속으로 마저 집어넣는다.

바람 빠진 축구공처럼 늘어진 배.

배꼽.

앙앙대는 망치.

늑골.

심장.

어깨.

팔.

웃고 있는 망치.

목.

머리.

손목.

하얗게, 하얗게 겁에 질린 망치.

손가락들.

깃털 한 가닥 없이 날고 있는 못 열 개.

한순간 박 씨는 철구멍 속으로 삼켜지고 없다.

조금 뒤 철구멍에서 흰 연기와 파란 연기가 엉켜 토해지더니 불티가 튄다.

철구멍 앞으로 작업화를 신은 발 열두 개가 지나간다.

"불이 날아가네."

"아주 오래전이야."

철구멍 앞으로 작업화를 신은 발 여섯 개가 지나간다.

철구멍은 박제된 짐승의 입처럼 조용하다.

28

"아줌마, 어서 숨어!"

"페인트칠하다 말고 어디 가서 숨으라는 거야?"

"안전 요원들 떴단 말이야."

"귀찮아 죽겠네."

"안전 요원들한테 걸리면 아줌마가 벌금 대신 낼 거야?"

"아줌마, 페인트통 가져가야지!"

철계단 뒤쪽, 전구 불빛이 희미하게 내리비치는 곳에 도장공들이 닭장 속 암탉들처럼 어깨와 등을 맞대고 소복이 모여 있다. 다들 머리에 스카프를 둘렀다.

연두색 스카프를 질끈 두른 도장공은 접은 무릎에 얼굴을 파묻고 있다.

"스카프가 검은색이네."

"검은색 스카프 처음 봐?"

"처음 봐."

"머리에 스카프를 두르긴 해야 하니까. 안전모는 너무 크고 답답해."

"스카프라도 꽃처럼 밝고 화사한 걸 해."

"내가 가진 스카프가 이것뿐이어서……"

"새로 하나 사. 스카프가 얼마나 한다고. 시장에 가면 널린 게 스카프야."

"모레 월급 들어오면 시장에 가서 새 스카프를 살 거야."

"지난달에도 넌 그렇게 말했지. 월급 들어오면 새 스카프를 살 거라고."

"안전 요원들 갔어?"

"아직 있어."

"저 앞에 누워 있었어."

"너, 손에 들고 있는 거 뭐야?"

"백설기. 일하다 배고프면 먹으려고 출근하며 잠바 주머니에 한 덩이 넣어왔어. 요새는 배가 자주 고파."

"근데 왜 안 먹어?"

"백설기가 쉬었네."

"안전 요원들 갔어?"

"안 갔어."

"안 가고 뭐해?"

"자기들끼리 얘기하고 있어."

"저 앞에 누워 있었어."

"인형처럼."

"발판이 먼저 떨어졌어."

"5층 높이였어."

"물덩이처럼 출렁였어."

"그리고 가라앉았어."

"낮게, 낮게……"

"살짝 출렁였어."

"그러고 못 일어났어."

"남자들이 팔, 다리, 머리, 발, 손, 목, 엉덩이, 폐, 입, 심장을 나눠 들더니 철상자 밖으로 내갔어."

"엉덩이를 떨어뜨렸어."

"심장을 잃어버렸다는 소문이 돌았어."

"죽지 않았어?"

"살아 있어."

"팔, 다리가 쇠처럼 굳어서 종일 침대 위에 누워 있어."

"눈꺼풀도 쇠처럼 굳어서 밤마다 누군가 자신을 찾아와 눈꺼풀을 감겨주길 기다려."

"진짜 인형이 됐네."

"나이가 어떻게 돼?"

"마흔 살 좀 넘었지."

"마흔 살은 인형이 되기에는 너무 어린 나이야."

"너, 계속 손을 긁네. 피 나겠다."

"간지러워서. 손이 간지러워 못 살겠어. 자면서도 긁어, 피가 날 때까지 긁어. 손이 페인트칠을 할 때만 멀쩡해."

"손으로 금붕어를 만졌더니 죽었어."

"손으로 사과를 만졌더니 색이 사라졌어."

"작업화가 날고 있네."

"안전 요원들 갔어?"

"아직 있어."

연두색 스카프를 두른 도장공이 무릎에 파묻고 있던 얼굴을 천천히 든다. 누런 볼에 빨간색 페인트가 장미 꽃잎처럼 묻어 있다.

"영혼이 다른 곳에 있는 것 같아."

"다른 곳?"

"내 몸을 떠나 다른 곳에."

"다른 곳 어디?"

"발판 위에 앉아 있을까?"

"사다리에 매달려 있을까?"

"철판에 달라붙어 있을까?"

"빈 깡통 속에 들어가 있을까?"

"그네 밧줄에 매달려 있을까?"

"철계단에 쪼그리고 앉아 있는 건 아닐까?"

"못에 걸려 어디가 찢어진 건 아니겠지?"

(혼자) "내 영혼……"

(다같이) "내 영혼……"

"노래를 불러…… 너무 긴 노래는 말고, 너무 짧은 노래도 말고."

29

손가락으로 문질러주면 부드러워질 거야.

천천히 계속……

둥글게, 둥글게, 천천히 계속……

손가락에서 피가 날 거야.

손가락에서 피가 나야 쇠에서 빛이 나.

쇠는 피를 맛있어해.

피가 묻으면 쇠가 웃어.

쇠가 웃으면 이빨 부딪치는 소리가 나.

30

내 귀를 떼어 쇠에 붙여줬어.

내 코.

내 입.

내 두 눈동자.

속눈썹들도. 속눈썹이 있어야 눈을 감고 뜰 수 있으니까.

머리카락도 한 가닥씩 뽑아 쇠에 옮겨 심었어.

이빨도 뽑아 쇠에 박아넣었어.

31

6인용 식탁만 한 철판을 멀뚱히 내려다보며 석고상처럼 서 있던 미소가 떨기 시작한다. 키가 150센티 남짓이지만 그녀의 몸속 뼈들이 격렬히 흔들리자 철상자 전체가 떨린다.

"반장이 나보고 철판을 저쪽으로 옮기래. 나 혼자…… 70킬로가 넘는 저 철판을 나 혼자…… 어제 잔업 끝나고 반장이 술 한잔 하자며 내 팔뚝을 붙들고 늘어지는 걸 뿌리치고 집에 가버렸거든…… 오늘 아침에 출근길 버스에서 덕희 언니를 만났는데 날 보자마자 화를 냈어. 내가 어제 도망가버려서 자기가 대신 반장하고 술 마셔준 것 때문에…… 덕희 언니가 피곤에 찌들어 옥수수 빵처럼 누렇게 뜬 얼굴을 구기고 내게 그랬어. '너, 인생 그렇게 이기적으로 살지마.' 버스에 타고 있던 사람들이 다 들었어. 반장은 매일 술이야. 난 술이 싫어. 반장하고 술 마시는 건 더 싫어…… 반장이 술 마시며 했던 얘기를 하고 또 하는 것도 듣기 싫어 죽겠는데 더럽고 축축한 손으로 내 허벅지를 만지잖아…… 반장 손이 내 몸에 닿는 게 너무 싫어…… 반장은 예순 살, 난 쉰네 살. 내 딸이 그러는데 내가 밤새 똑같은 잠꼬대를 했대. '만지지 마, 나쁜 놈아!'"

"네 사람."

"저기요, 이 안에 바람 좀 넣어줘요!"

"듣고 있어요?"

"거기 아무도 없어요?"

"당장 바람을 안 넣어주면 우리 전부 이 안에서 질식해 죽을 거래요."

"나무도 한 그루!"

"눈도 몇 송이!"

"창문만 있었어도……"

"네 사람 모두 사상공이었어. 입구가 콜라병처럼 좁고 사방이 꽉 막힌 곳에, 아르곤 가스통 밸브에서 흘러나온 가스가 가득 차 있었어. 그라인더기, 아르곤 가스통, 랜턴, 페인트통, 붓, 유압 펌프…… 그곳에 있던 것들."

"그라인더기가 돌아가고 불티가 튀는 순간 불길이 일고 두 사람 몸에 불이 붙었어……"

"쿠르르 쾅!"

"검은 연기……"

"네 사람은 전날 밤 11시까지 일했어. 그리고 이튿날 아침 8시에 다시 그곳으로 들어갔어."

"죽은 네 사람을 꺼내려 구멍을 뚫었어."

"만지지 마, 나쁜 놈아!"

미소의 원래 이름은 명자다. 그녀는 쉰 살 되던 해 사주를 풀어 이름을 짓는 노인을 찾아갔다. 원피스 한 벌 값을 주고 노인이 흰 종이에 써주는 새 이름을 받아왔다. 이름을 바꾸면 자신의 운명이 바뀔까 싶어서였다. 그때만 해도 마트 계산대에서 시간제로 일하던 그녀는 이름을 바꾸고 조선소의 청소부가 됐다.

미소가 두 손으로 철판 모서리를 움켜잡는다. 들어 올리려 하지만 철판은 꿈쩍도 않는다.

“나 좀 도와줘!”

“누가 나 좀 도와줘!”

32

"생각이 하나씩 지워지고 있어…… 1백 개는 되는 생각이 머릿속을 채우고 있었는데 하나씩 하나씩 지워져서 여남은 개밖에 남아 있지 않아. 아…… 내가 방금 아주 중요한 생각을 하고 있었는데…… 그것마저 기억이 안 나네…… 그런데 우리가 왜 이 높은 데까지 올라왔지?"

"왜?"

"왜……"

"그거야 위대한 낙서를 남기려고."

"낙서?"

"네가 위대한 문장을 생각해내면 나는 그걸 철에 옮겨 적지. 나는 필경사. 그러고 우리는 영원히 철을 떠나 다른 철을 찾아가지. 다른 철을 찾아 떠나는 건 미지의 땅을 찾아 떠나는 것과 같아. 험한 여정이지. 활화산처럼 치솟는 불, 벌처럼 찔러대는 못들, 살을 갉아먹는 쇳가루, 아찔하게 깎아지른 절벽, 천 길 낭떠러지, 깊고 어두운 골짜기……."

"아……"

"자, 어서 말해."

"기억이 안 나…… 지워져버렸어."

33

당겨, 왼쪽으로…… 으쌰, 으쌰…… 으쌰, 으쌰, 왼쪽으로…… 오른쪽으로…… 뒤로…… 뒤로…… 으쌰, 으쌰, 당겨……

"하나가 없네? 머리가 열한 개여야 하는데 열 개잖아…… 누구야? 곱슬머리 정 씨가 안 보이는군."

"몸살기가 있대."

"누구는 힘이 펄펄 나는 줄 알아?"

"어디 처박혀 자고 있겠지."

"그래서 어디까지가 세상이야?"

"어디까지? 그러게…… 어디서부터 세상인지는 분명히 말해줄 수 있어. 오늘 하루 일이 끝나면 넌 철상자 밖으로 나가겠지. 땀 냄새와 쇳가루에 찌든 작업화를 신은 네 앞에 펼쳐져 있는 게 세상이야. 네 뒤에 펼쳐져 있는 건 빛과 어둠이 엉겨 만들어낸 깊은 공허. 뒤돌아보는 순간 넌 세상에서 사라져버릴 거야."

시간이 없어…… 출구는 하나……

"발판 하나!"

"발판은 구름이야…… 구름은 흘러가는 것…… 우리 다 발판에 실려 어딘가로 흘러가고 있어……"

"정신 바짝 차려. 못이 어디서 튀어나올지 모르니까. 사방에 못, 철판 조각, 철사 조각…… 머무적거리지 말고…… 긴장 풀어…… 어쭙잖게 긴장했다가 사고 나기 십상이니까."

"저 위……"

"출구도 저 위에 있어."

"출구는 좁아지고 있어."

"점점 좁아져 개미구멍만 해질 거야."

"그 여자는 계속 거울을 닦고 있어."

"미장원이 문을 닫고, 밤이 깊어지면 그 여자는 머리를 벗고 쇠처럼 언 남편을 만나러 갈 거야."

"세상에서 가장 거대한 배가 될 거래."

"가장 거대한 배에 뭘 실을 거라는데?"

"당나귀."

"당나귀? 겨우?"

"세상에서 가장 아름답고 강인한 당나귀."*

철상자에는 나무, 새, 물고기는 없지만 다른 많은 것이 있다. 철, 불, 못, 녹가루, 망치, 피, 뼈, 살, 눈동자, 위, 간, 귀, 팔, 혀, 입술, 심장……

나는 늘어뜨리고 있던 손을 끌어당겨 왼쪽 가슴을 지그시 눌러본다.

쿵—

쿵—

* 프리드리히 니체, 『선악의 저편·도덕의 계보』

쿵—

내 심장이 뛰고 있다.

3천 개의 심장이 철상자 안에서 뛰고 있다.

철상자는 철배의 심장이다.

34

*

납빛의 언 호수 같은 철판 위를 두 남자가 걸어가고 있다.

한 남자의 손에는 둘둘 만 모눈종이 뭉치가, 다른 남자의 손에는 잣대와 분필 등이 담긴 둥글고 길쭉한 필구통이 들려 있다.

사방을 아무리 둘러봐도 풀 한 포기, 바위 한 덩이, 나무 한 그루 보이지 않는다. 멀리 노르스름한 연기가 병든 노간주나무처럼 피어오르고 있다.

"토끼 한 마리 안 보이네."

"만물이 추방당한 땅 같아."

"그럼 우리는?"

"만물이 추방당한 땅으로 내쫓긴 최초의…… 어쩌면 최후의 인간……"

"아까 우리 머리 위로 새 비슷한 게 날아갔어."

"새들은 날아오를 때 엄청난 공포를 느낀다는군. 1천 번, 1만 번, 1천만 번을 날아올라도 그 강도가 줄어들지 않는대." 모눈종이 뭉치를 손에 든 남자가 말한다.

"새들이 느끼는 공포를 인간이 어떻게 알아?"

"40년 넘게 깃털의 진화 과정을 연구한 조류학자가 우연히 발견했다고 들었어. 그는 어떤 조류학자도 몰랐던 사실을 발견하고는 연구를 위해 기르던 천 마리가 넘는 새들의 날개를 손수 가위로 잘라 거세해주었대. 비둘기, 메추라기, 굴뚝새, 종달새, 제비, 까마귀, 닭, 앵무새, 공작새, 지빠귀…… 종류를 가리지 않고 모든 새들의 날개를 말이야. 새들을 공포에서 해방시켜주려고. 그런데 날개가 잘린 새들이 급격히 늙고 쪼그라들더니 쇳덩이로 굳어버렸대…… 가만, 저게 뭐지?"

모눈종이 뭉치로 찌르듯 가리켜 보이는 허공에 청어만 한 게 떠 있다.

허공은 탁한 보랏빛이고 새들이 전부 떠나버린 들판처럼 고요하다.

"달은 아니야."

"해도."

"빛이 없는 걸 보니 별도 아니야."

"꼼짝을 않네."

"바람 한 자락 불지 않으니까."

"가까이 가보자."

두 남자는 허공에 돌덩이처럼 박혀 떨어지지도, 날아다

니지도 않는 걸 향해 걸어간다.

허공의 보랏빛이 얼어지다 짙어진다.

"네 머리 위에 있어."

"네 머리 위에 있어."

"우리 머리 위에 있어."

미동도 않는 데다 거무스름해서 그것은 구멍처럼 보이기도 한다.

"종달새야!" 손에 필구통을 든 남자가 흥분해 소리 지른다.

"저게?"

"어떻게 떨어지는지 몰라 허공에서 죽은 종달새…… 두 다리가 못처럼 허공에 박혀 있어."

"고통스럽겠다……"

"죽었어."

"죽어서도 고통과 슬픔에서 벗어날 수 없다고 했어."

"누가 그래?"

"2백 년 전에 살다 간 어떤 스님이……"

"우리가 종달새를 땅에 내려주자."

"너무 높이 떠 있어. 종달새에게 닿으려면 아주 긴 사다리가 있어야 하는데 우리에게 있는 거라고는 설계도하고 잣대 몇 개하고 분필 몇 자루뿐이야."

쇳가루가 초파리 떼처럼 몰려와 두 남자의 얼굴을 지운다.

*

두 남자는 계속 걸어간다.

"우리 며칠째 걷고 있는 거야?"

"사흘, 나흘?"

"우리가 잠을 잤던가?"

"쓰러지지 않고 걷고 있는 걸 보면 잠을 자긴 잤을 거야. 나흘 내내 깨어 있을 수는 없어."

"우릴 내려다보고 있었어."

"……"

"마치 신처럼."

"……"

"죽은 종달새 말이야."

*

두 남자는 비등점에 도달한 물처럼 끓는 쇳가루 속으로 걸어 들어간다.

"휴, 굉장하군."

"입 다물어. 숨을 깊이 들이마시지 마. 그랬다간 폐가 쇳가루 범벅이 되고 말 거야."

"아무것도 안 보여."

"꿈속이라고 생각해. 꿈은 언젠가 깨게 돼 있으니까."

"아, 더워……"

"벗지 마. 쇳가루가 살을 갉아먹을 거야."

*

쇳가루에서 겨우 벗어난 두 남자의 얼굴은 쇳가루가 묻어 잿빛이다. 두 남자는 여전히 철판 위를 걸어가고 있다.

"방금 내 얼굴로 뭔가 떨어졌어."

"불티는 아니야. 불티는 반짝이니까."

"벌레 같았어. 내 이마를 바늘처럼 톡 찌르고 날아갔어."

"뜨거웠어?"

"뜨겁고, 따갑고, 뾰족하고, 날카롭고."

"철심이었을 거야. 회전하는 그라인더 날에서 튄 철조각."

"후, 철조각이 이렇게 멀리까지 날아오다니……"

"눈에만 안 박히면 돼. 철심이 눈에 박혀 각막을 태우면 눈이 머니까."

*

"우리 며칠째 걷고 있는 거야?"

"열하루? 열이틀?"

"겨우?"

"어쩌면 열닷새?"

*

"어째서 가도 가도 끝이 없지?"

"철판이 늘어나고 있으니까."

"철판이?"

"철판이 가만히 있는 것 같지? 실은 살아 움직이고 있어…… 줄어들고 늘어나고…… 휘어지고 펴지고…… 우리가 신은 작업화 밑창 고무가 두껍고 딱딱해서 못 느끼는 것뿐이야. 철은 원래 연해. 종이보다 더 얇게 만들 수 있을 만큼 부드럽지."

"종이보다?"

"습자지보다도. 그리고 우리가 걸어가고 있는 철판은 계속 늘어나고 있어…… 철판이 늘어나고 있는 이상 아무리 걸어가도 철판에서 벗어날 수 없어."

"설마 우리 철판에 갇힌 거야?"

"철판이 지금은 늘어나고 있지만 때가 되면 줄어들기 시작할 거야. 그때 벗어나면 돼."

"언제 줄어드는데?"

"해가 떨어지고 밤이 깊어져 열기가 식으면."

"해가 어디 있는데?"

"저 위에 있지."

"해, 달, 별…… 빛을 품은 모든 건 다 저 위에 있어. 우리 눈에 안 보일 뿐이야."

*

"떠나오기 전에 철판 앞에 서 있던 여자 봤어?"

"연두색 스카프를 머리에 두른 여자 말이야?"

"울고 있었어. 한 손에 페인트통을 들고, 다른 손에는 붓을 들고. 철판을 바라보고 서서 어깨를 흔들며 흐느끼고 있었어."

"그 여자 애인인가 남편이 발판공이라고 들은 것 같아."

"애인이겠지. 남편 때문에 울 나이는 아니었어."

"애인 때문에 울 나이도 아니지."

*

두 남자는 여전히 철판 위를 걸어가고 있다.

"철판이 식기는커녕 더 뜨겁게 달아오르는 것 같아. 철판이 늘어나는 게 느껴져."

"낮이니까."

"아직도 낮이야?"

"낮이 부쩍 길어져서 그래."

"조류학자는 쇳덩이가 된 새들을 어떻게 했어?"

"쇳덩이들을 언제까지 가지고 있을 수 없는 노릇이어서 고물장수에게 팔았어. 고물장수는 쇳덩이들을 해변가 주물 공장에 팔았고. 주물 공장에서는 쇳덩이들을 용광로에 녹여 철판을 구웠지."

"조선소에 철판을 대주는 주물 공장 말이야?"

"그래."

"마을 토박이들은 주물 공장이 해변가에 들어선 뒤로 마을에 눈이 내리지 않는다고 철석같이 믿고 있어."

"우리 발아래 철판이 그 철판일 수도 있겠네. 쇳덩이가 된 새들을 용광로에 녹여 구운 철판 말이야."

"어쩌면."

*

필구통을 든 남자가 갑자기 우뚝 멈춰 선다. 설계도를 손에 든 남자가 머무적 멈춰 선다.

"왜?"

"못 걷겠어……"

"허기져서 그래?"

"배가 몹시 고프긴 하지만 그것 때문은 아니야."

"그럼 뭐 때문이야?"

"기분이 이상해…… 날개 잘린 새들이 부리로 철판을 찢고 튀어나올 것 같아."

"새 부리로는 철판을 찢을 수 없어."

두 남자는 누가 먼저랄 것 없이 다시 걷기 시작한다.

"철판에 영원히 갇힌 것 같아."

"우리가 철판을 횡단하고 나면 사람들이 몰려올 거야. 수백 명, 수천 명…… 수십 수백 명이 한꺼번에 철판에 달라붙어 철판을 오리고, 붙이고, 늘이고, 세우고, 조립해서 철배를 만들 거야."

"어마어마하게 거대한 철배가 만들어지겠군."

"웬만한 섬보다 거대한 철배가 탄생하겠지."

"왜 그렇게 거대한 철배를 만드는 걸까?"

"바다가 거대하니까. 세상은 더 거대하고."

*

"철기 시대가 도래하기 전 인간은 하늘에서 떨어진 별똥별로 철제 검을 만들었지."

"운철(隕鐵) 말이야?"

"운철은 대기권을 초속 60킬로로 통과하는데 그때 발생하는 어마어마한 마찰열에 불순물이 타 없어져서 철 함유율이 높아."

"제련 과정을 제대로 거치는 셈이네."

"게다가 스테인리스 효과를 내는 니켈, 코발트, 크롬 같은 광물질이 표면을 뒤덮어 수천 년이 지나도 녹슬지 않는다구. 생각해봐, 어느 날 철덩이가 하늘에서 뚝 선물처럼 떨어진 거야. 인간은 그걸 주워 철제 검을 만들었어."

"인간은 뜻밖의 선물로 무기를 만들었네."

"메소포타미아에서는 철을 '하늘에서 내려온 불'이라고 불렀어."

"철은 불 속에서 탄생하니까."

"인간의 핏속에도 철이 있어. 신의 실수는 인간을 철이 아니라 흙의 먼지로 빚은 거야. 쳐도 그만 안 쳐도 그만인 양념을 치듯 핏속에 철을 아주 약간만 첨가한 게 신의 최대 실수지."

"그럼 필멸의 존재인 인간이 언제까지나 죽지 않았겠지. 그랬으면 인간은 신을 찾지 않았을 테고. 인간이 신을 찾는 건 죽음이 끝이 아닐 수도 있다는 두려움 때문이니까."

"하지만 인간이 죽지 않으면 신은 천국과 지옥을 만들 필요가 없었겠지. 신이 눈코 뜰 새 없이 바쁜 건 간밤에 죽은 저 인간을 천국과 지옥 중 어디로 보내야 할지 판단이 서지 않아서야. 완벽하게 착한 인간도 없고, 완벽하게 악한 인간도 없으니까. 나 자신만 해도 선하기도 하고 악하기도 하니까. 특별히 착하게도 그렇다고 나쁘게도 살지 않은 인간들이 죽어 매일 끝이 보이지 않을 만큼 길게 줄을 서서 신은 잠도 못 잔다지. 극도의 과로와 스트레스 때문에 잇몸은 늘 부어 있고 탈모로 머리카락이 한 줌도 안 된다지."

"신이 인간을 철로 만들지 않아서 다행이야. 나는 영원히 살고 싶지 않아. 내게 영원히 사는 건 철판 위를 영원히 걸어야 하는 걸 의미하니까."

“철배도 수명이 있다는 건 알고 있어?”

“수명이 얼마나 되는데?”

“한 20년.”

“겨우?”

“길면 30년.”

“수명이 너무 짧은 거 아니야?”

“인간이 너무 오래 사는 거야.”

“수명이 다한 철배는 어디로 가?”

“폐 철배를 처리하는 곳으로 가지.”

“그런 데가 있어?”

“적도 아래 폐 철배를 처리하는 마을이 있어. 그 마을 사람들은 아이부터 노인까지 폐 철배를 해체하는 일을 해. 철배가 마을 모래 해변으로 끌어올려지면 사람들이 달라붙어 폐유를 흘려버리고, 엔진 같은 기계들을 들어내고, 전선들을 거두고, 단열재를 뜯고, 철판을 절단해. 용접 연기, 불티, 녹가루, 녹슨 철판 자르는 소리…… 굉장하겠지? 폐 철배를 해체하는 건 철배를 만드는 것만큼이나 시끄럽고 위험해. 원래 그 마을 사람들은 물고기를 잡아 먹고살았어. 파도 소리가 유난히 아름답던 그 마을이 폐 철배를 처리하는 마을이 된 건 모래 해변이 낮고 길게 펼쳐져 있어서야. 모래 해변으로 죽은 고래가 떠밀려 올라오듯 녹 덩어리가 된 철배가 올라오는 게 보이면 마을 사람들이 해변으로 모여들기 시작해."

*

"우리 언제까지 걸어가야 해?"

"아직은 철판이 늘어나고 있으니까…… 겨울이 오고 날이 추워지면 철판이 저절로 줄어들 거야."

"겨울은 싫은데…… 철이 손가락에 거머리처럼 달라붙는단 말이야."

두 남자는 걷고, 또 걷는다.

"죽은 종달새가 여전히 우리 머리 위에 떠 있네…… 우릴 따라온 걸까?"

"죽은 종달새는 허공에 고정돼 있어. 게다가 저 위도 바람이 안 불지. 구름 한 점 없는 것도 바람이 전혀 불지 않기 때문이야."

"우리가 죽은 종달새를 발견한 게 엿새 전 아니야? 우리는 계속 걸었어. 배가 고프면 빵을 먹으면서 걷고, 몽유병자처럼 꿈을 꾸면서도 걸었지…… 근데 죽은 종달새가 미행이라도 한 듯 버젓이 우리 머리 위에 떠 있어."

"우리가 부지런히 걷긴 했지만 거리상 얼마 못 걸었기 때문이야. 철판이 그만큼 크다는 뜻이기도 하지."

"후— 죽은 종달새가 우릴 내려다보고 있어."

*

"저기 뭔가가 그려져 있어."

"사람 얼굴 같은데…… 그냥 삼각형을 그려놓은 것 같기도 하고……"

"그 밑에 낙서가 있어."

"뭐라고 써 있어?"

너희는 내 말을 들어라.

35

불티들이 분수처럼 떨어지는 걸 바라보다 보면 최면에 빠질 듯 초점이 흐려지고 몽롱해진다. 그러다 5톤 철판이 눈꺼풀에 매달려 있는 것만 같은 졸음이 몰려오는데 졸기 시작하면 도장공이 바로 뒤에서 페인트통 뚜껑을 떨어뜨려도 모른다. 망치 수십 개가 철판을 때리는 소리도, 그라인더들이 미친 듯이 회전하며 철판을 깎는 소리도, 포설공들의 구령 소리도 아득히 멀어진다.

철상자에서 조는 것은 졸음 운전만큼이나 위험하다. 사고로 이어질 가능성이 크기 때문이다. 하지만 우리는 망치를, 전동 드릴을, 그라인더를, 용접기를 손에 든 채로, 철파이프를 어깨에 얹고 나르면서도 꾸벅꾸벅 존다.

반장들은 졸음에 겨워 비몽사몽인 우리를 보면 말한다. "병든 염소가 여기 또 한 마리 있군." 사나흘 연달아 잔업을 하고 나면 누구나 병든 염소가 된다. 그냥 병든 염소가 아니라 푸른 작업복을 입은 병든 염소다.

"철판이 이상해. 울고 있는 것 같아."

"녹가루가 흐르고 있어서 그래."

"철판이 나보다 낫네."

"뭐가?"

"난 울고 싶어도 못 우는데."

"분희야, 어디 가?"

"그네 타러."

분희는 그네를 탄다. 도장공들 중 그네를 가장 잘 타는 그녀는 조선족이다. 그녀의 아버지는 그녀가 일곱 살이던 해 겨울 길에서 얼어 죽었다. 그녀는 마당에서 어린 암탉을 끌어안고, 겨우 열세 살이던 오빠가 아버지를 수레에 싣고 집으로 돌아오는 걸 지켜봤다. 열흘 전 고향에 다녀오겠다며 집을 나간 그녀의 아버지는 집에서 고작 3킬로쯤 떨어진 곳에서, 친척 결혼식에 다녀오던 마을 사람들에게 발견됐다. 어린 암탉이 자라서 알을 가장 많이 낳는 암탉이 되고, 불량배들과 어울리던 오빠가 가출을 하고, 15년이라는 시간이 훌쩍 흘러, 불고기와 냉면을 파는 식당 종업원으로 취직해 돈을 벌던 그녀도 스물두 살 생일을 앞두고 자신보다 열세 살 더 먹은 남자와 결혼했다. 이듬해 봄에 낳은 쌍둥이 아들이 아장아장 걷기 시작할 즈음 그녀의 남편은 조선소 마을에 몰래 흘러들었고 조선소의 불법 노동자가 됐다. 5년 뒤 그녀도 쌍둥이 아들을 시어머니에게 맡기고 조선소 마을로 날아와 도장공이 됐다. 그녀는 말하곤 한다.

"난 내가 여전히 어린 암탉을 끌어안고 흑룡강성 남쪽 고향집 마당에 서 있는 것 같아. 아버지는 술에 찌들어 살았어. 집을 나가던 날 아침에도 아버지는 술을 마셨어. 어머니는 내 쌍둥이 아들이 태어난 이듬해 급성간경화로 세상을 떠났고. 내 오빠는 어디서 어떻게 살고 있을까⋯⋯ 오빠가 보고 싶진 않지만 죽었는지 살았는지 궁금하곤 해."

분희는 9층 높이의 발판 위에 서 있다.

한순간 철상자 안 풍경이 지워지고, 그녀가 태어나고 자란 중국 고향 마을의 스산하고 황량한 겨울 들판이 그녀 앞에 펼쳐진다. 사포처럼 거친 바람이 불어오더니 병아리 티를 겨우 벗은 갈색 암탉이 날아와 그녀의 품에 꼭 안긴다.

저 위에서 구름의 조각 같은 그네가 밧줄에 매달려 슬그머니 내려온다.

분희가 끌어안고 있던 어린 암탉은 어디로 날아가버리고 없다.

쇳가루 속에서 가만가만 흔들리고 있는 그네를 그녀는 물끄러미 바라본다. 그네가 얼마나 높은 데서 내려왔는지, 누가 그것을 자신에게 내려보냈는지 그녀는 알지 못한다.

36

탕, 탕, 탕, 탕, 드르륵, 드르륵, 들들들들들, 쉬이이, 지직, 지지직—, 슥슥삭삭, 슥슥삭삭, 쿵! 으싸, 으싸…… 철상자가 당장이라도 폭발할 것 같다.

윙— 윙—

휴식 시간을 알리는 사이렌 소리가 철상자에 울린다. 망치 소리가 일제히 멎고 그라인더 돌아가는 소리, 전동 드릴 소리, 포설공들의 구령 소리가 잦아든다. 조선소 근무 시간은 오전 8시부터 저녁 5시까지다. 두 시간마다 10분 휴식 시간이 있고, 점심시간 12시부터 1시까지다. 잔업은 밤 8시까지 하는 1차 잔업과 10시까지 하는 2차 잔업이 있다.

휴식 시간이 되면 우리는 두 부류로 나뉜다. 철상자 안에서 버티는 부류와 밖으로 나가 바깥 공기를 한 모금이라도 들이마시려는 부류. 나는 후자에 속한다. 철계단을 올라가는 데 최소 3분, 내려오는 데 최소 2분이 걸리기 때문에 바깥에서 머물 수 있는 시간은 길어야 5분 남짓이지만 나는 바람이 너무 쐬고 싶어 꾸역꾸역 철계단을 올라간다.

허공에 떠 있는 발판 위에서 쪽잠을 자는 사람, 휴대전화를 만지작거리거나 통화하는 사람, 빵이나 캔 커피 같은 간식을 먹는 사람, 발판 위에 그냥 멍하니 주저앉아 있는 사람…… 쉬는 시간을 보내는 방법은 제각각이다.

8층 높이의 발판에 걸터앉아 담뱃갑 크기의 석탄처럼 검은 트랜지스터라디오를 듣던 망치공이 볼륨을 높인다. 잡음이 심하게 끓자 쇠젓가락 같은 안테나를 최대한 길게 뽑는다.

"캐나다 북쪽 조용하고 평화로운 마을 호수에 거위 한 쌍이 사이좋게 살고 있었대."

"그런데?"

"어느 날 암컷 거위가 병이 들어 세상을 떠났다네."

"그래서?"

"혼자 남겨진 수컷 거위가 외롭게 혼자 지내는 게 안쓰러워서 마을 사람들이 십시일반 돈을 모아 티브이에 광고를 냈대. 살얼음이 언 호수 한가운데 바위 위에 수컷 거위가 홀로 쓸쓸히 서 있는 영상과 함께 '조나단의 새 짝'을 찾아달라고 호소하는 광고를 말이야."

"조나단?"

"수컷 거위의 이름이라는군."

"거위 이름이나 지어주고 그 마을 사람들은 어지간히 할 일이 없는 모양이군."

"광고를 내보내자 이웃 마을뿐 아니라 먼 마을에서도 암컷 거위를 보내왔대. 비행기에 태워서, 트럭에 실어서…… 트럭에 한 살도 안 된 어린 암컷 거위를 싣고, 1,549킬로미터를 달려 호수까지 찾아온 사람도 있었다지 뭐야. 아무튼 캐나다 전역에서 보내온 암컷 거위의 숫자가 무려 5백 마리가 넘었다지 뭐야."

"와우!"

"안타깝지만 5백 마리 다 수컷 거위와 짝지어줄 수 없는 노릇이어서 공정한 심사를 거쳐 짝이 될 암컷 거위를 뽑았다네."

"어떻게?"

"나이, 성격, 수영 실력, 울음소리, 목 길이, 부리 크기와 모양, 식성, 털 색깔을 살펴 점수를 매기고 비행 실력을 겨뤄서. 병이 있으면 안 되니 수의사들을 불러다 건강 검진도 하고. 너무 잘 날면 자격 미달로 탈락시켰대."

"왜?"

"너무 잘 날아서 다른 호수로 날아가버리면 수컷 거위가 더 큰 상처를 입을 테니까."

"그렇겠군. 심사는 누가 했어? 설마 수컷 거위가 한 건 아니겠지."

"그 마을의 신부, 목사, 유치원 원장, 조류학자, 수의사, 그 마을의 저명한 시인, 동화작가…… 기껏 만장일치로 마음 씀씀이도 착하고 얼굴도 예쁜 암컷 거위를 뽑았더니, 수컷 거위가 그사이에 다른 암컷 거위와 눈이 맞아 사랑에 빠졌다지 뭐야. 제 눈에 안경이라고 까탈스럽고 순위에도 못 든 암컷 거위와 말이야."

"그래서 인생은 재밌어! 계획대로 흘러가지 않으니 말이야."

"오늘은 내 신청곡을 틀어주려나?"

"무슨 노래를 신청했는데?"

"난 늘 똑같은 노래를 신청하지. 6년 동안 날마다 똑같은 노래를 신청했어."

"그래서 무슨 노래를 신청했는데?"

"똑같은 노래. 난 오늘도 똑같은 노래를 신청했어."

늙은 망치공들은 빳빳한 도화지로 만든 장기판을 펼쳐놓고 내기 장기를 둔다.

"수(手)가 뻔하네."

"차(車)로 먹어."

"포(包)로 잡아."

"졸(卒)을 써."

"입궁수를 쓰려나 보네."

늙은 망치공들은 내기에서 딴 돈으로 담배를 사 피우거나 빵을 사 먹는다. 딴 돈이 제법 되면 조선소 일을 마치고 집에 가는 길에 슈퍼마켓 파라솔 아래서, 또는 어묵 국물이나 번데기탕 같은 싸구려 안주가 있는 대폿집에서 소주나 막걸리를 사 마신다.

"넌 나무야."

도장공 매자 할머니다. 그녀는 도장공들 중 가장 나이가 많다. 염색을 하지 않아 머리가 거의 백발인 그녀를 우리는 할머니라고 부른다. 서른 살 남짓한 청년이 그녀 앞에 쭈그리고 앉아 있다.

"내가 나무라고요?"

"그럼 뭔 줄 알았어? 나무, 바위, 흙, 불, 물 중에 말이야."

"불이요."

"어쩌나…… 넌 불이 한 개도 없어. 넌 큰 나무야. 큰 게 항상 좋은 건 아니니까 웃지 마. 큰 나무는 직선, 작은 나무는 곡선. 근데 큰 나무 옆에 큰 나무 하나가 또 있어. 큰 나무가 두 그루나 있는데 땅은 하나. 게다가 엄동설한의 음토(陰土)네. 그러니 매사에 불평이 많지. 작고 언 땅에서 큰 나무

두 그루가 뿌리를 내리고 살려니 힘들지. 물은 아래에 하나 있는데 언 호수야. 언 호수는 거울. 거울에 비친 날 바라보느라 다른 걸 보지 못해. '난 나만 사랑해.' 언 호수에 떠도는 메아리. 새가 물을 마시러 날아왔다 도로 날아가버리네. 노루도 뒤돌아 가버리고. 언 호수를 녹여줄 태양이 위에도, 아래에도 없네."

"할머니, 태양은 위에 있는 거잖아요."

"네 앞에 거울이 있어. 거울 밖에도 네가 있고, 거울 속에도 네가 있지. 위는 거울 밖이고, 아래는 거울 속이야."

"하지만 거울 속 나는 허상이지요."

"허상?"

"있는 것 같지만 사실은 없는 거요."

"그렇다고 거울 속 네가, 네가 아닌 건 아니잖아?"

"내가 아닌 건 아니지만 진짜 나는 아니지요." 청년은 어깨를 으쓱해 보인다.

"그럼 거울 밖 넌 진짜 너야?"

"매자 할머니, 솔직히 난 내가 누군지 모르겠어요."

"불을 찾아가."

"할머니, 난 어마하게 지금도 열이 올라 내 몸이 불붙은 장작처럼 타고 있는 것 같단 말이에요."

"작은 불 말고 큰 불을 찾아가. 작은 불은 널 바늘처럼 찌르기만 하니까. 석류 알, 모래, 성게, 닭 볏, 무당벌레…… 그게 작은 불이야."

"꿀벌은요?"

"꿀벌은 깨진 돌 조각."

"할머니, 난 어마하게 큰 불을 찾아갔었어요."

"오, 그래?"

"네, 조선소에 흘러들기 전에 주물 공장에서 1년 남짓 일했단 말이에요. 용광로 앞에 버티고 서 있으면 고름처럼 흐르던 땀이 멎고, 흐느적거리는 몸이 얼음처럼 차갑게 얼어붙었다 한순간 녹아 없어지는 것 같았지요. 용광로 쇳물을 나르던 국자 모양의 기계가 뒤집혀서 그 밑에 서 있던 일꾼들이 쇳물을 뒤집어쓰고 녹아내리는 걸 바로 눈앞에서 보고 도망쳤어요. 정신을 차려보니 내가 철상자에 있더군요. 손에 전동 드릴을 들고 입에 나사못 다섯 개를 물고요."

"태양 같은 큰 불을 머리에 왕관처럼 이고 말없이 웃고 있는 여자를 만나."

도장공 셋은 6층 높이 발판에 나란히 걸터앉아 이야기꽃을 피우고 있다. 작업화 신은 발을 허공에 띄우고. 알록달록 페인트 묻은 작업복을 입고 머리에 스카프를 둘러서 앵무새 세 마리가 사이좋게 횃대 위에 모여 있는 것 같다.

"화장했네?"

"내가 왜 화장하는 줄 알아?"

"남자한테 예쁘게 보이려고 하겠지."

"남자?"

"반장, 안전 요원, 남편……"

"나 남편 없는 거 몰라?"

"난 네 이름도 몰라."

"난 나한테 보여주려고 화장해."

"널 너한테 보여줘서 뭐 하게?"

"나한테 예쁘게 보이면 기분이 좋거든."

"난 공중곡예사가 되고 싶었어." 분희 목소리다.

"공중곡예사가 되긴 했네. 공중에서 그네를 타면서 붓질을 하니까."

"그리고 사랑을 하고 싶었지." 분희가 말한다.

"사랑은 나쁜 거야."

"사랑을 해보긴 했어?"

"해봤는지 안 해봤는지 기억도 안 나지만 사랑이 나쁜 거라는 건 잘 알아."

"어젯밤에 잠이 하도 안 와서 티브이를 틀었더니 영화를 해주더라. 검은 겨울 외투를 입은 천사가 주인공이었는데 인간이 되고 싶어 했어."

"천사가 뭐가 아쉬워서?"

"공중곡예사인 여자를 사랑하게 돼서." 분희가 말한다.

"그럼 그냥 사랑하면 되지 꼭 인간이 돼야 해?"

"인간이 된다는 건, 인간의 몸을 갖는 거야. 그래야 사랑하는 여자를 만질 수 있어. 머리카락을, 얼굴을, 손을…… 눈도 맞추고, 입도 맞추고……"

"꼭 만져야 해? 그냥 바라보기만 하면 안 돼?"

"너 사랑 같은 거 못 해봤지?"

"그게 뭐야?"

"인생 헛살았네. 쉰아홉 살 먹도록 사랑도 못 해보고."

"난 스물두 살에 처음 손 잡아본 남자와 결혼해 자식 셋을 낳고 하루도 떨어지지 않고 붙어 살았어. 그럼 됐지, 사랑 같은 걸 꼭 해야 해?"

"사랑하면 만지고 싶어져. 꽃도, 나비도, 새도……"

"그래서 꽃은 시들고, 나비는 죽고, 새는 멀리 날아가버리지."

"난 사랑하는 사람에게 내 몸을 보여주고 싶지 않아!"

"내 몸을 만지게 하고 싶지 않아!"

"내 몸에서 나는 냄새를 맡게 하고 싶지 않아!"

"난 내 손으로 사랑하는 사람을 만지고 싶지 않아!"

"시너 냄새가 사랑하는 사람 몸에 묻어날 테니까."

"갈라진 손톱이 사랑하는 사람의 몸을 찌를 테니까."

"그래서 사랑은 나쁜 거야."

나는 도장공들이 나누는 얘기에 귀를 기울이며 철계단에 발을 부지런히 내디딘다.

철계단을 내려가거나 올라갈 때면 그것에 영원히 갇힌 것 같은 기분이 든다. 철파이프로 기둥과 난간을 세우고 발판을 가로질러 놓아 만든 계단이 끝없이 이어질 것 같다.

"혜숙아!"

분희가 날 부른다.

"넌, 천사가 너 때문에 인간이 되려고 하면 어쩔 거야?"

"분희야, 그래서 천사는 인간이 됐어?"

"인간이 되는 게 쉬운 줄 알아?"

"맞아, 인간은 아무나 되는 게 아니야."

나는 고개를 들어 위를 올려다본다. 콜라병 뚜껑만 한 작은 구멍이 눈에 들어온다. 철상자에 하나뿐인 출구 구멍이다. 철상자 속 우리는 모두 저 구멍으로 들어와 저 구멍으로 나간다.

꽃소금처럼 하얀 빛가루가 구멍에서 내린다. 속상하게도 빛가루는 철상자 바닥까지 닿지 못하고 허공에서 소멸한다.

나는 눈을 가늘게 하고 구멍을 노려보다 철계단으로 발을 내디디며 스스로에게 되묻는다. 천사가 날 너무 사랑해서 인간이 되려고 하면 어쩌지?

구멍이 조금씩 커지더니 어느 순간 내 머리만큼 커져 있다. 구멍 밖으로 얼굴을 내밀며 나는 풀 죽은 목소리로 중얼거린다. 천사가 나 때문에 인간이 되는 건 싫은데……

37

철상자 구멍 밖으로 나가자마자 나는 입속에 쇳가루와 함께 머금고 있던 숨을 토한다. 바람이 불어오는 쪽으로 얼굴을 향하고 숨을 크게 들이마신 뒤 사방을 둘러본다. 2호 크레인이 드리우는 그늘 아래 신호수들이 쭈그리고 앉아 쉬고 있다. 신호수들은 조선소의 교통경찰관이다. 신호수의 상징인 붉은 깃발은 작업복 웃옷 주머니나 바지 주머니에 찔러져 있다. 2호 크레인이 끼익— 소리를 내며 십자로 벌린 양팔을 좌우로 흔든다. 2호 크레인은 양팔을 합친 길이가 125미터로 조선소의 크레인들 중 가장 긴 팔을 가졌다.

내가 들어가 일하는 철상자에서 1백 미터쯤 떨어진, 어금니 모양의 철상자에는 푸른 작업복 차림에 머리에 수건이나 스카프를 두른 사람 서른 명 남짓이 거미처럼 매달려 있다. 철상자는 녹이 심하게 꼈다. 사람들은 밧줄에 매달려 사포로 철판을 문질러가며 녹을 긁어내는 일을 하고 있다. 쉬는 시간이어서 사람들은 하던 일을 중단하고, (햇볕에 그을려 매미 허물처럼 살갗이 일어난) 얼굴을 떨어뜨리고 밧줄에 매달린 채로 쉬거나 졸고 있다.

"혜숙아!"

머리카락을 풀어헤치고 캔 커피를 마시던 정자 언니가 날 보곤 금을 씌운 앞니를 이물스레 드러내며 웃는다. 그녀의 얼굴이 깡통처럼 찌그러지고 항암 치료 중인 환자처럼 거무스름한 건 페인트에 얼굴이 녹아서다. 아무리 피부가 고와도 조선소의 도장공이 돼 보름쯤 일하면 혈색이 형편없어진다.

철상자 지붕은 햇볕에 달궈져 따뜻하다. 등을 대고 누우면 그대로 잠들 것 같다. 거의 두 시간 내내 용접 불티를 쐐 얼굴은 화끈거리는데 몸은 서늘하니 춥다.

"바람에서 바다 냄새가 나네요."

"바다가 가까이 있으니까."

철상자들과 크레인들이 가로막고 있어서 바다는 보이지 않는다.

"난 페인트 때문에 코가 문드러져서 아무 냄새도 못 맡아. 냄새를 못 맡고부터 꽃을 봐도 그냥 그래. 음식 간도 못 맞추겠어. 이상하지. 고장 난 건 코인데 짜고 싱거운 것도 모르겠어."

나는 작업복 윗옷 주머니에서 보름달 빵을 꺼낸다. 보름달처럼 둥근 두 덩이의 빵 가운데에 눈처럼 희고 부드러운 크림이 발려 있다. 조선소에 출근하기 싫은 날이면 나는 보름달 빵을 생각한다. 보름달 빵은 폭신하고 크림은 멀미가 날 만큼 달다.

나는 빵 한 덩이를 정자 언니에게 내민다.

"난 줄 게 없는데."

"언니는 늘 내게 뭔가를 줬어요."

"뭘?"

"늘 뭔가를요."

"내 기억에는 없는데……"

"내 기억에는 있어요."

"혜숙아, 네 오줌에서는 무슨 냄새가 나?"

"음…… 식초 냄새요."

"내 오줌에서는 시너 냄새가 나. 페인트 냄새를 하도 맡아서."

"참, 자옥이 그러던데 언니 배꽃 아가씨였다면서요?"

"내가 배꽃 아가씨였다는 걸 내 아들들은 안 믿어." 그녀가 짓무른 가지 같은 입술을 벌리고 피식 웃는다.

조선소가 들어서기 전 마을에는 배나무 밭이 있었다. 3만 그루가 넘어 봄이면 배꽃 향이 이웃 마을까지 퍼졌다는데, 27년 전 내가 남편과 함께 흘러들던 해에는 죽은 배나무 한 그루만 남아 있었다. 죽은 배나무는 조선소가 내려다보이는 나지막한 언덕에 서 있다. 구름이 낮게 깔린 날이면 뒤

틀리고 옹이 박힌 가지들을 벌리고 홀로 고독하게 세상을 떠받치고 서 있는 것처럼 보인다. 밤이 깊어지면 조선소 마을을 배회하던 까마귀들이 배나무 가지에 날아들어 잠을 청한다. 태양이 떠오를 즈음 까마귀들이 배나무가 승천하는 것 같은 착시를 일으키며 날아올라 마을 사방으로 흩어진다.

"성냥 공장에 다닐 때였어. 조선소가 들어서기 전에 마을 북쪽에 성냥 공장이 있었어. 성냥 공장에서 사귄 친구가 내게 배꽃 아가씨 대회에 나가보라고 권하지 뭐야. 1등에게 부상으로 흑백 티브이를 준다고 했어. 난 1등을 했고 텔레비전을 탔어. 성냥 공장에 다니던 여자애 둘도 나갔는데 둘 다 순위에도 못 들었어…… 난 꿈을 별로 안 꾸는데 요즘 성냥 공장 꿈을 꾸곤 해. 꿈에서 난 열아홉 살이야. 머리를 양 갈래로 땋고 나팔바지에 나리꽃색 남방을 입고 있어. 성냥 공장 뒷마당에 여자애들이 모여 있어. 여자애들 속에 분희도, 자옥도 있어. 너도 있고."

"나도요?"

"너도 있어. 우린 다 성냥 공장 아가씨들이야…… 난 꿈에서 깨어나고 싶지 않지만 새벽 6시면 어김없이 눈을 떠. 알람 시계가 6시 정각이면 울리거든. 난 알람을 끄고 옆으로 고개를 돌려 잠든 남편의 얼굴을 바라봐. 어이없을 만큼 늙은 남편의 얼굴을 바라보고 있으면 괜히 슬프고 화가 나…… 나 자신에게 화가 나는 건지, 남편에게 화가 나는 건지, 나도 잘 모르겠어. 사는 것에 화가 나는 건지도 모르지…… 어떤 날은 슬프고 화가 나서 소리를 지르고 싶지만 난 꾹 참고, 녹슨 못이 백 개는 박힌 것 같은 몸을 일으켜 욕실로 가…… 물탱크 뚜껑이 깨진 변기에 앉아 오줌을 누고 양치를 하고 세탁기를 돌리고 부엌으로 가. 식구가 넷인데 넷 다 조선소에 일을 다녀서 세탁기를 밤에도 돌리고, 아침에도 돌려야 해. 고혈압 약을 한 알 먹고. 그걸 안 먹으면 머리가 바위처럼 무겁고 세상이 빙글빙글 도니까. 티브이를 틀고, 쌀을 씻어 전기밥솥에 안치고 콩나물국이나 미역국을 끓이지. 남편도, 나도 혀가 사포처럼 까끌까끌하고 침이 말라서 국이 없으면 밥을 못 먹으니까. 가자미를 튀기고 소시지를 부치고…… 티브이는 저 혼자 떠들고 세탁기에서는 빨래가 탈수되고…… 전기밥솥에서 밥이 뜸들 즈음 남편이 신음소리를 내며 깨어나. 나는 얼른 욕실에 들어가 세수를 하고 머리를 빗어. 남편이 씻는 동안 화장대 앞에 서서 화장을 해. 내가 깨우기 전에는 절대 일어나지 않는 아들들을 깨우고 식탁을 차려…… 밥하고 국을 푸고 냉장고에서 밑반찬이 든 통들을 꺼내 식탁에 늘어놓고…… 남편이 티브이 소리를 크게 하고 식탁으로 걸어와. 그럼 난 꾸물거리는 아들들에게 잔소리를 퍼붓고 세탁기에서 탈수된 빨래를 꺼내 빨래 건조대에 널어. 티브이에서는 했던 얘기를 하고 또 하고…… 남편은 밥을 먹다 말고 티브이에서 떠드는 소리에 참견을 하지…… 남편이 밥을 다 먹고 나서야 아들들이 식탁으로 와서 자리를 잡고 앉아. 아들들 얼굴이 침울하거나 인상을 구기고 있으면 신경이 쓰여. 난 아들들이 밥 먹는 걸 바라보다 식어버린 국에 밥을 서너 숟가락 말아 정신없이 먹고 청소기를 돌려…… 그새 남편과 아들들은 출근을 하고 집에는 나 혼자야. 식탁을 치우고 설거지를 하고 나면 하루가 다 간 것처럼 기운이 빠져서 그냥 무덤 속으로 기어 들어가고 싶지만 나는 오늘 하루 내가 조선소에 나가 빵끼칠을 하면 벌 수 있는 일당을 생각해. 기운을 차리려 활명수를 한 병 마시고 티브이를 끄고 집을 나서지……"

탄식을 토하는 그녀의 입에서 빵 부스러기가 날린다. "오늘은 갈매기가 한 마리도 안 보이네." 표정을 흐리던 그녀가 갑자기 꿈에서 깨어난 듯 정색을 하더니 몸을 일으킨다. 철상자 지붕 모서리로 다가가 서더니 아래를 굽어본다. 푸른 작업복 차림의 사내들이 태양을 등지고, 바윗덩이 같은 그림자를 작업화 신은 발로 굴리며, 철상자와 철상자 사이로 난 왕복 6차선 길을 일사분란하게 걸어가고 있다.

"발판공들이네요. 철상자를 찾아가나 봐요"

"내 큰아들이 저기 있네."

그녀의 눈가에 부챗살처럼 박힌 주름들이 일어선다. 그녀의 두 아들은 발판공이다. 철배의 조각인 철상자가 만들어지면 발판공들이 가장 먼저 그 안에 들어가 공중누각을 짓는다. 날개도 없이, 안전벨트도 매지 않고 공중을 날아다닌다. 지름 6센티의 철파이프를 층층이 엇갈려 쌓아올리고 철파이프들 사이에 발판을 연달아 걸쳐놓아 허공에 통로를 내고, 통로들을 잇는 철계단을 놓는다. 발판은 폭 40센티에 길이 1.5미터 크기로, 그것 역시 철덩이여서 무게가 10킬로는 나간다. 우리는 그 위에 두 발을 딛고 서서 혹은 쭈그리고 앉아서 망치질을 하고, 그라인더를 돌리고, 용접을 하고, 페인트칠을 한다.

"사귀는 여자가 있다고 하지 않았어요?"

"결혼 약속까지 했는데 최근에 헤어졌지 뭐야. 마음을 못 잡고 매일 밤 술이야. 오늘 아침에는 겨우 깨워 콩나물국 한 그릇 억지로 먹여 보냈어. 속에 든 게 있어야 일을 하니까. 보내고 나서야 사고라도 나면 어쩌나 싶은 게 가슴이 철렁 내려앉지 뭐야."

작년 여름 나는 그가 인디언 여자처럼 머리를 땋은 아가씨의 어깨에 팔을 두르고 거리를 걸어가는 걸 보았다. 하늘거리는 자주색 원피스에 굽 높은 샌들을 신은 여자의 손에는 장미꽃다발이 들려 있었다. 그는 작업복 대신에 엉덩이와 허벅지가 쏙 끼는 청바지에, 미키마우스가 그려진 반소매 티셔츠 차림이었다. 여자의 어깨를 껴안듯 꼭 감싸고 있던 팔은 긁힌 자국과 흉터투성이였다. 연인은 길에서 파는 어묵을 사 먹고, 철 지난 크리스마스트리처럼 형형색색 전구 장식을 매단 도로가 모텔 건물로 들어갔다.

"남편이 가장 먼저 조선소 노동자가 됐어. 그러고 내가 조선소 노동자가 됐지. 내 큰아들이 조선소 노동자가 되더니, 작은아들마저 조선소 노동자가 됐지 뭐야."

그녀의 가족은 전부 조선소의 하루살이 노동자다.

"난 나쁜 엄마야."

"언니가 나쁜 엄마면 세상에 좋은 엄마가 하나도 없게요?"

"아니야, 난 참 나쁜 엄마야."

조선소에서 반나절이라도 일한 경험이 있는 여자들은 자신의 아들들이 조선소에서 일하는 걸 원치 않는다. 하지만 고등학교나 대학교를 졸업하고 군대까지 다녀온 아들이 마땅히 취직을 못하고 집에서 놀고 있으면, 백수건달로 늙어 죽는 게 아닐까 염려될 만큼 그 기간이 길어지면, 그러다 어느 날 불쑥 조선소에 취직하겠다고 하면, 그것 말고 다른 선택의 여지가 없어 보이면, 조선소의 하루살이 노동자가 되는 걸 체념하듯 받아들인다. 어쨌든 조선소는 늘 하루살이 노동자를 뽑는데다 사지만 멀쩡하면 쉽게 취직이 되니까. 결심이 얼마나 단호한지 떠보기 위해, 그리고 진실을 말해 줄 때가 됐다는 생각에 아들들에게 말한다. '조선소에서 버티는 건 쉽지 않아. 일하다 죽기도 하지.'

그것은 조선소의 하루살이 노동자라면 누구나 아는 비밀이자 진실이다.

"네 남편이 세상 떠난 지도 꽤 됐지?"

"20년 됐어요."

"네 아들은 요새 뭐해?"

"취직 준비하고 있어요."

"네 아들은 몇 살이야?"

"스물일곱 살이요."

취부공이던 남편은 잔업을 마치고 조선소를 걸어 나오다 심장마비로 세상을 떠났다. 하청 업체에서 파견한 노동자였던 데다 일하다 죽은 게 아니어서 보상금은커녕 산재신청도 할 수 없었다. 나는 공장 일을 다니며 아들을 키웠다. 그러다 10년 가까이 다니던 파스 공장이 부도가 나 두 달치 밀린 월급도 못 받고 막막해하고 있는데 정자 언니가 조선소의 불 감시자 일자리를 소개시켜줬다.

정자 언니가 밤톨만큼 남은 빵을 손가락으로 부숴 가루

로 만들더니 철상자 지붕에 뿌린다. 혹시나 철상자 위로 지나갈지 모를 새들을 위해 그렇게 하는 것이다. 배가 고프면 철상자로 내려와 쪼아먹으라고.

발판공들은 부단히 철상자를 찾아 걸어가고 있다. 나는 마을 쪽으로 고개를 돌려 참새언덕 위 대관람차를 바라본다. 바퀴 지름이 160미터에, 다람쥐 통처럼 생긴 바구니가 마흔두 개나 달린 대관람차는 엽서 속 그림처럼 멈춰 서 있다. 사람들은 마을에 대관람차가 있다는 걸 잊곤 하지만 워낙 거대해서 마을 어디서나 보인다. 대관람차 바구니들은 페인트가 벗겨지고 녹이 슬어 비가 내리면 여지없이 녹물을 흘린다. 비록 지금은 흉물이 됐지만 대관람차가 신나게 돌아가던 시절이 있었다. 조선소 마을에는 날마다 아이들이 태어나고 학교마다 아이들이 넘쳐났다. 시장은 찬거리를 사러 나온 여자들로 북적거렸다. 남편이 세상을 떠난 지 햇수로 10년째 되던 날 나는 혼자 대관람차를 탔다. 노란색 페인트를 칠한 바구니 안에는 두 사람이 나란히 어깨를 맞대고 앉을 수 있는 의자가 들어 있었다. 덮개가 없어서 바람이 그대로 바구니 안으로 들이쳤다. 나 말고는 아무도 타지 않았지만 기관사는 대관람차를 운행했다. 대관람차 바구니들은 끼익— 소리를 내며 몹시 천천히 돌아갔고, 내가 탄 노란 바구니는 해가 뉘엿뉘엿 져서야 가장 높은 곳에 도달

했다. 바구니가 조선소를 향하고 있어서 나는 일을 마치고 파도처럼 밀려 나오는 노동자들을 보았다. 그들 속에 내 남편이 있기라도 한 듯 나는 자신도 모르게 바구니 밖으로 손을 뻗었다.

조선소 앞에서 남편이 일을 마치고 나오길 기다렸다 손을 꼭 잡고 집으로 걸어가던 그 어느 여름날 저녁이 떠오른다. 나는 임신해 배가 불러 있었다. 조선소를 등지고 걸어가던 우리는 누가 먼저랄 것 없이 걸음을 멈추고 고개를 들어 하늘을 올려다봤다. 구름이 갈라지며 황금빛 빛이 쏟아졌다. 우리는 아직 세상에 태어나지 않은 우리의 아기와 함께 그 빛 속에 있었다.

38

장갑을 뜨려면 두 개의 손이 있어야 해.

잎사귀를 찢는 데는 손 하나면 돼.

철배를 만들려면 1만 2천 개의 손이 있어야 하지.

네 손은 1만 2천 개의 손 중 하나야.

철배가 완성될 때까지 손을 잘 간수해. 깊은 밤에는 비누 상자 속에 손을 넣어둬. 배고픈 쥐가 손가락을 갉아먹지 못하게.

39

나는 눈꺼풀을 한 번 꾹 감았다 뜨고 나서야 철계단에 발을 내디딘다. 올라왔던 그대로 내려가려 정신을 바짝 차린다. 철계단과 통로는 미로처럼 복잡하게 얽히고설켜 있다. 표지판 하나, 화살표 하나 없어 여차하면 길을 잃고 헤매기 십상이다. 누군가는 말할지도 모른다. 철상자 안에서 길을 잃어봤자 철상자 안이 아니냐고. 그 말은 틀리지 않다. 숲속에서 길을 잃어봤자 숲속이고, 사막에서 길을 잃어봤자 사막인 것과 같다.

"꾸물거리지 말고 일들 해, 일 하지 않는 자 먹지도 말랬다구."

"내 페인트통 누가 가져갔어?"

"가스통 저리 치워!"

"무하마드!"

"넌 운 좋은 줄 알아. 난 1년 넘게 청소 일만 했어. 처음부터 도장 일 시키면 힘들어서 열에 아홉은 도망간다며 반장이 빗자루하고 포대를 들려주지 뭐야. 도장 일보다 청소 일이 훨씬 쉽지만 일당이 쥐꼬리야. 그건 그렇고 너 애 다 낳았어?"

"언니, 내 나이가 몇인데요."

"네 나이? 먹을 만큼 먹었겠지. 암튼, 너 애 다 낳았어?"

"딸 하나 낳긴 했는데……"

"근데?"

"난 적어도 셋은 낳으려고 했거든요. 내가 다복한 걸 좋아해서 맘 같아선 다섯은 낳고 싶지만 월세 사는 형편이라……"

"셋? 그럼 둘 덜 낳았네."

"셋은 낳으려고 했으니까 그런 셈이지요."

"너, 페인트통 두고 당장 집에 가서 애 둘 마저 낳고 다시 와."

"숫염소 오줌에 철을 담가라!"*

* 가스통 바슐라르, 『공기와 꿈』, 정영란 옮김, 이학사, 2000.

"붉은 머리 소년의 오줌에 철을 담가라!"*

은백색의 구불거리는 머리카락이 갈퀴처럼 목덜미를 뒤덮어 흡사 산양 같은 노인이, 8층 높이의 깎아지른 벼랑 같은 발판 위에 서 있다.

"철규 할아버지?"

"누구야?"

"그만두신 줄 알았어요."

"쫓겨났다 다시 왔지."

철규 할아버지는 매자 할머니보다 나이가 많다. 조선소 최초의 망치공이기도 한 그는 나이 때문에 조선소에서 쫓겨나고 들어오길 밥 먹듯 한다. 늙은 하루살이 노동자들은 철규 할아버지처럼 조선소에서 쫓겨났다 다시 들어오기를 반복하다, 크게 병이 나거나 망치를 손에 들 수 없을 만큼 쇠약해지면 그제야 영원히 조선소에서 추방당한다.

"넌 내 딸이 아니지?"

"네, 나는 할아버지 딸이 아니에요."

"죽은 마누라가 아들만 넷을 낳아서 나는 딸이 없지. 딸이 있었으면 내게 카스텔라를 사줬을 거야. 딸들은 늙은 아

* 같은 책.

버지에게 카스텔라를 사주지, 아들들은 시계를 사주고."

"시계를요?"

"때가 됐다는 걸 시계가 대신 알려주게 하려고."

앞니 세 개가 나란히 빠진 입을 벌리고 히죽 웃는 그의 얼굴은 쇳가루에 찌들어 잿빛이다.

"할아버지, 조선소에서 철배를 만드는 데 쓸 철판을 숫염소 오줌에 담그려면 숫염소가 1억만 마리는 있어야 할 거예요."

"그래야겠지?"

"숫염소 오줌에 철을 담그면 철이 더 단단해지나요?"

"대장장이가 그렇게 했거든. 조선소가 들어서기 전 마을에 솜씨 좋은 대장장이가 있었어. 부엌칼, 낫, 호미, 곡괭이, 갈고리, 삽…… 이웃 마을 농부들도 그가 만드는 농기구를 사러 왔어. 마을 여자들은 그가 만든 부엌칼을 썼지. 그는 대장간 뒤에 울타리를 치고 검은 숫염소 다섯 마리를 키웠어. 숫염소들이 싸는 오줌을 받아 여물통 같은 데 모아두고는 철을 담금질하는 데 썼어. 대장장이 마누라가 숫염소 오줌을 받았지. 대나무처럼 키가 크고 비쩍 마른 여자였어. 그녀는 양철통을 들고 울타리 밖에서 지키고 서 있다가 숫염소들 중 하나가 오줌을 싸려고 하면 재빠르게 다가가 배 밑으로 양철통을 들이밀고 오줌을 받았어."

"할아버지, 달에서도 철배를 만들고 있다는데요?"

"달에서 철배를 만든 지 오래됐지."

"달에서는 철이 어디서 나서 철배를 만들까요?"

"해가 수평선으로 기울기 시작하면 달에 사는 대장장이가 밧줄을 타고 내려와 기다리고 있다, 수평선 아래로 떨어지기 무섭게 해를 바닷물 속에 담가 굳혀서는 달로 가져가지."

"해로 철을 만든단 말이에요?"

"해를 바닷물에 담그면 순식간에 굳어 철덩이가 되거든."

"하지만 오늘도 하늘에 해가 떴는걸요."

"날마다 새로운 해가 뜨니까."

"오늘 하늘에 뜬 해가 어제 떴던 해가 아니란 말이에요?"

"해가 왜 둥근 줄 알아? 하나님이 매일 새로 해를 빚기 때문이야. 하나님이 둥글게 빚는 건 잘하거든. 사과, 배, 앵두, 자두, 수박, 호박, 포도알도 그래서 둥근 거야. 달걀도 하나님이 둥글게 빚었는데, 닭이 낳을 때 항문에 너무 힘을 주는 바람에 살짝 길어졌지. 오이하고 가지도 사과처럼 둥글었는데 거꾸로 매달려 있다 보니 길쭉해졌어."

"할아버지 하나님은 달도 매일 만들겠네요?"

"달은 해를 빚다 지루해지면 뜨거워진 손가락을 식힐 겸 조몰락조몰락 만지기만 하고…… 그래서 달 모양이 매일 변하는 거야. 태양하고 달, 둘 다 매일 만들 수는 없으니까."

"지금은 해가 중천에 떠 있으니까 대장장이는 아직 달에 있겠어요?"

"자고 있을걸. 달나라 사람들은 낮에 자고 밤에 일하니까. 대장장이가 달로 돌아가 철덩이를 숫염소 오줌에 담가 놓으면, 망치공들이 깨어나 망치로 두드려 펴기 시작하지."

"달에 숫염소가 있어요?"

"달에 숫염소 한 마리 서 있는 거 못 봤어?"

"못 봤어요……"

"그거 이상하군. 숫염소가 종종 달 밖으로 뿔을 삐죽 내밀고 바위처럼 무심히 서 있곤 하는데…… 그러다 오줌을 지리기도 하고."

"달에 숫염소가 살고 있다는 얘기도 못 들어봤는걸요."

"첨부터 살았던 건 아니니까…… 어느 날 대장장이의 숫염소 다섯 마리 중 한 마리가 없어졌지. 하필이면 오줌을 가장 잘 누던 숫염소가 말이야. 대장장이 마누라가 숫염소를 찾겠다고 마을의 온 집과 야산을 헤집고 돌아다닌다는 소문을 듣고 내가 사람들에게 그랬지. 숫염소가 사라지던 날 밤에 달에서 난쟁이 사내가 밧줄을 타고 내려와 숫염소를 어깨에 들쳐 업고 다시 달로 올라가는 걸 봤다고. 아무도 믿지 않는 내 얘기를 대장장이 마누라는 귀담아 들었어. 보름

달이 뜬 날 밤 배나무 언덕에서 하늘을 향해 콩대 무더기를 흔들고 있는 그녀를 봤지. 조선소가 들어서고 이듬해 대장장이 가족은 숫염소들을 데리고 이 마을을 떠났어."

아주 가까이에서 그라인더가 굉음을 내며 돌아가고 내 뒤에서 여럿이 발소리를 긴박하게 울리며 철계단을 뛰어내려온다. 다급히 옆으로 비켜서는 내 어깨에 전구가 부딪쳐 흔들린다. 전구 불빛도 덩달아 흔들리며 공중누각이 통째로 흔들리는 것 같은 착시를 일으킨다. 그사이 철규 할아버지는 쇳가루 속으로 사라져버리고 없다.

"자네, 아직 도망 안 갔나?"
"하루는 버틸 수 있어요."
"하루?"
"네, 하루는 버티고 도망가야 덜 쪽팔리지요."
"쪽팔려? 누구한테?"
"나 자신한테요."

"발판 하나!"

죽은 양처럼 늘어진 자루를 어깨에 들쳐 메고 철계단을

올라오던 남자가 고개를 들더니, 핏발 선 눈으로 날 쏘아본다. 마스크를 쓰지 않은 남자의 얼굴이 전구 불빛에 적나라하게 드러난다. 남자가 꾹 다물던 입을 벌리고 쉰내 나는 숨을 거칠게 토한다.

"비켜!"

"어디로……?"

"어디로든 꺼져버려……"

"발판 둘!"

여기가 어딜까……

"발판 셋!"

"내 발 못 봤어? 내 발, 내 작업화."

"저기서 날고 있던데. 깡통 뚜껑하고 찢긴 손수건하고 셋이서."

"나 좀 도와줘……"

길을 잃었다는 걸 깨닫는 순간 오싹 공포감이 밀려든다.

철계단을 지지하는 철파이프 기둥에 튀어나와 있는, 어딘가를 집요하게 가리키고 있는 것은 화살표가 아니라 대못이다.

정말 여기가 어딜까……

"2천 명을 내보낼 거래."

"3천 명이 될 거라던데……"

"그럼 철배는 누가 만들어?"

"철배가 완성되면……"

"조선소 주인은 철배가 완성되길 바라지 않는다던데. 철배가 너무 거대해서 사겠다는 사람이 아직까지 나타나지 않아서 말이야. 그래서 철배가 완성되면 조선소가 망할 거래."

"조선소가 망하지 않으려면 철배가 언제까지나 완성되지 않아야겠네."

"우리는 언제까지나 망치질을 하고."

"우리는 망치공이니까."

씨름 선수처럼 거구인 청년이 쇳가루가 묻어 시커먼 코와 입으로 축축한 숨을 토하며 안전벨트를 매고 있다. 큼직한 머리에 안전모가 삐뚜름히 반쯤만 걸쳐져 있다. 매는 방법을 모르는 듯 안전벨트를 만지작거리는 손놀림이 엉성하다.

못마땅해하는 눈빛으로 그 모습을 지켜보던 왜소하고 늙은 사내가 한마디 한다. "번갯불에 콩 궈 먹을 시간도 없어 똥줄이 타는 판에 자넨 한가하게 안전벨트나 매고 있군."

"난 죽고 싶지 않단 말이에요."

"누군 죽고 싶은 줄 알아?"

"아저씨는 살 만큼 살았지만 난 아직 세상에 태어나지도 않았단 말이에요."

"뭐?"

"난 아직 엄마 배 속에 있거든요."

"철상자가 자네 엄마 배 속이라도 된단 말이야?"

청년이 안전벨트 끈을 잡아당기며 말한다. "이 끈이 실은 탯줄이거든요. 탯줄이 끊어지면 나는 세상에 태어나보지도 못하고 사라져버려야 한단 말이에요."

"살기 힘든 세상에 태어나서 뭐 하게?"

"맛난 우유도 먹고, 세 발 자전거도 타고, 놀이공원에도 놀러 가고……"

"그리고?"

"강아지도 기르고, 딱지치기도 하고, 케찹 듬뿍 묻힌 핫

도그도 사 먹고……"

"그리고?"

"음……"

"새벽 고속버스를 타고 내려와 조선소의 하루살이 노동자가 되겠지."

40

여기가 어딜까……

"저기요, 내가 길을 잃었어요……"

"어디로 가야 할지 모르겠어요……"

그러나 아무도 내 말을 귀담아 듣지 않는다. 철상자에서 길을 잃는 건 흔히 있는 일이고, 나는 성냥팔이 소녀처럼 어리지 않으니까. 그런데 어쩌면 철상자에서 내가 길을 잃었다는 건 거짓말인지 모른다. 하루살이 노동자인 나는 (우리는) 조선소에서 유령과 같아 실은 철상자 안에 없기 때문이다. 그러니까 나는 (우리는) 길을 잃고 싶어도 잃을 수 없다. 철상자에 있는 건 망치, 못, 철판, 페인트통, 전동 드릴, 그라인더, 용접기, 쇳가루, 녹가루, 유리가루, 전선줄, 가위……

길을 잃고 싶어도 잃을 수 없다는 걸 깨달아서일까. 영원토록 철상자에서 헤맬 것 같은 절망감과 함께 이상한 안도감이 밀려든다.

선미도 그랬을까. 철상자에서 길을 잃고 싶어도 잃을 수 없다는 걸 깨닫고는 안도하고 잠이 들었던 걸까.

철판 모서리에 빨간색 페인트를 칠하고 있는 여자가 내 눈에 들어온다. 철판에 비해 여자는 터무니없이 작고 여자의 손에 들린 붓은 더 작다. 여자는 붓에 빨간색 페인트를 묻혀가며 철판을 칠하고 또 칠한다.

"난 길을 잃었어요……"

내 목소리가 들리지 않는 걸까. 여자는 뒤돌아보지 않는다. 여자의 발 옆에는 뚜껑을 따지 않은 빨간색 페인트 두 통이 놓여 있다.

"난 선미처럼 영영 길을 잃고 싶지 않아요."

불 감시자이던 선미는 최 씨와 짝이었다. 그녀는 작년 여름 무더위가 기승을 부려 한낮의 온도가 50도까지 올랐던 7월 어느 날, 혼자 철상자 안에 남겨졌다. 나는 그날을 기억하는데 특별한 일이 있었기 때문은 아니다. 밤 10시까지 잔업이 있었지만 그즈음 잔업이 없는 날보다 있는 날이 많았다. 최 씨는 자신을 그림자처럼 따라다닌 그녀를 남겨두고 혼자 철상자에서 나왔다. 한동안 그녀의 죽음이 누구의 책임인지를 두고 시끄러웠다. 그녀는 조선소에서, 그것도 철상자 속에서 숨을 거뒀지만 하루살이 노동자인 데다 일을 하다 사고사를 당한 게 아니어서 조선소는 아무 책임을 지지 않았다. 그녀의 죽음이 최 씨 탓은 아니지만 그가 한 번쯤 뒤를 돌아보았다면, 종일 자신을 그림자처럼 따라다닌 그녀가 자신을 잘 따라오고 있는지 한 번쯤 챙겼다면, 그녀가 철상자 안에 혼자 남겨져 길을 잃는 일은 없었을 거라는 생각이 드는 건 어쩔 수 없다. 그러나 철상자에서 반나절이라도 일해보면 안다. 그곳에서 남을 챙기기는 쉽지 않다는 걸, 내 몸 하나 챙기기도 벅차다는 걸. 불 감시자가 돼 철상자에 처음 발을 들여놓던 날 정자 언니가 내게 한 충고는 우리 모두에게 불문율과 같다. "네 몸은 네가 알아서 챙겨."

내가 최 씨에게 책임을 지우려 드는 건, 그녀의 죽음이 그저 그녀 자신의 탓만은 아닐 거라는 의심을 떨칠 수 없어서다. 진실은 뭘까. 나는 때때로 진실이 중요하지 않다는 걸 알 만큼 나이를 먹었다. 차라리 모르는 게 낫기도 하다는 걸, 순간적인 진실도 있다는 걸, 그리고 진실이 없을 수도 있다는 걸. 그래도 나는 불현듯 진실을 알고 싶을 때가 있는데 지금이 그렇다. 그녀의 죽음은 누구 탓일까.

정말, 여기가 어딜까……

선미도 나처럼 철상자 어딘가에서 헤매고 있을 것 같은 생각이 들며 그녀와 숨바꼭질이라도 하는 기분이다.

사실 나는 그녀를 잘 모른다. 그녀와 말 한마디 나눈 적 없는 데다 그녀의 이름도 경자가 알려줘서 알았다. 그녀가 철상자에서 질식해 죽었다는 소식을 듣고 나는 공포감에 사로잡히긴 했지만 별다른 슬픔 같은 걸 느끼지는 못했다.

"아라비아에는 달의 돌이 있대."

"달의 돌에는 하얀 점이 있어서 달이 커지면 커지고 달이 작아지면 줄어든대."*

"오늘 밤 어마어마하게 큰 달이 뜰 거야."

"저기 또 뭐가 떨어지고 있네."

"내 머리에만 안 떨어지면 돼."

"네 머리로 떨어지고 있어."

* 헨리 데이비드 소로, 『달빛 속을 걷다』, 조애리 옮김, 민음사, 2018.

퍽—!

철퍼덕—

"정신 차려!"

"새가 또 날아가네."

"새야, 심장을 떨어뜨려 줘!"

41

나는 사막처럼 광대하게 펼쳐진 철판 위에 그림자 없이 서 있다. 사방을 아무리 둘러봐도 집 한 채, 나무 한 그루, 언덕 하나 없다. 움직이는 것도, 서 있는 것도 없다.

둘둘 만 종이 같은 걸 겨드랑이에 낀 남자가 내 쪽으로 걸어온다. 남자가 멀리서부터 걸어왔다는 걸 나는 알 수 있다.

"난 길을 잃었어요……"

남자가 몽롱한 눈빛으로 날 바라보더니 꿈을 꾸는 듯한 목소리로 중얼거린다.

"종달새……"

"남자가 손을 들어 위를 가리켜 보인다."

"종달새가 내려다보고 있어……"

42

"자, 받아!"

"제발 아직 떨어뜨리지 마."

내가 막 두 발을 내디딘 발판이 강가에 매어놓은 뗏목처럼 흔들린다. 공포감에 내 작은 심장이 빠르게 뛰며 수소를 계속 불어넣고 있는 풍선처럼 부풀기 시작한다. 심장은 다른 장기들과 뼈, 살을 먹어치우며 무섭게 부풀어 오른다.

"발판 넷!"

"발판 다섯!"

나는 물컹물컹한 심장이 돼 발판 위에 놓여 있다.

"어디서부터 내 손이야?"

"어디서부터 망치야?"

"사랑해, 사랑 안 해."

"쇠가 땅 같네. 쇠에 손가락을 심으면 싹이 틀까?"

"발판 여섯!"

"발판 일곱!"

심장은 빠르게 박동하며 부풀어 올라 철상자와 한 덩어리가 된다.

43

"난 심장이었어요."

"난 철상자—심장이었어요."

최 씨는 내게 눈길조차 주지 않는다. 내가 안중에도 없는 것이다. 어제까지 짝이었던 용접공 문 씨는 휴식 시간이나 점심시간이 지나고 내가 자신보다 1분이라도 늦으면 화를 냈다. 원래 과묵한 성격인지 최 씨는 내게 실없는 농담을 건네지도 않는다. 하루살이 여자 노동자만 보면 괜히 치근덕거리는 사내들이 있다. 첫사랑하고 얼굴이 닮았다는 둥, 손이 고울 것 같다는 둥, 외로운 처지끼리 끝나고 술이나 한잔 마시자는 둥. 문 씨도 철상자 어디선가 용접 작업에 열을 올리고 있을 것이다. 떠돌이 용접공인 그는 일을 마치면 식당이나 술집을 전전하다 숙소인 싸구려 여관에 마지못해 기어 들어간다.

뒤미처 길을 영원히 잃지 않았다는 안도감과 함께 밀려드는 허탈감에 다리가 후들후들 떨린다.

최 씨가 두 무릎을 바닥에 붙이고 앉더니, 용서를 빌듯 용접기 잡은 손을 정수리 위로 쳐든다. 불티가 그의 용접 마스크를 쓴 얼굴로 소낙비처럼 떨어진다. 안개처럼 흰 연기가 철판에서 스멀스멀 피어오른다. 철판에서 꽃봉오리처럼 피어나는 불꽃을, 사방으로 흩어지며 점멸하는 불티들을, 철판에 고여 흐르는 철물을, 철물이 올챙이배처럼 부풀어 오르자마자 납빛으로 굳는 걸 나는 넋 놓고 바라본다.

"누구에게 용서를 비는 거예요?"

최 씨가 용접 마스크를 쑥 밀어 올려 이마에 걸친다. 하관이 길고 가파른 그의 얼굴에 촛농 같은 땀이 방울방울 맺혀 흐른다.

"난 길을 잃었어요."

그는 내 말을 무시하고 용접 마스크를 다시 내려 쓴다.

"철상자에서는 길을 잃기 쉬워요…… 길치인 어떤 포설공은 철상자에서 하도 길을 잃어서 나침판을 장만했대요. 그걸 작업복 웃옷 주머니에 넣고 철상자에 들었는데 역시나 길을 잃었대요. 철상자에서는 나침판이 무용지물이어서요. 산, 강, 바다, 들판…… 나침판은 그런 곳에서나 필요해요. 새들이 날아다니고 구름이 흘러가는 하늘 아래에서나요."

탁, 탁, 탁, 지지직— 지지직—

"철상자에서는 누군가 늘 길을 잃어요. 누군가 늘…… 미아처럼 행방불명이 되기도 하지만 난 처음이에요…… 철상자에서 길을 잃는 건…… 난 늘 정신을 바짝 차리고 다니거든요."

최 씨가 용접기를 바닥에 내려놓는다. 가죽 장갑 낀 손으로 망치를 집어 들더니 방금 용접한 곳을 망치로 톡, 톡, 노크하듯 내리친다.

그의 얼굴이 날 향한다. 용접 마스크에서 그의 짓눌린 것 같은 목소리가 들려온다.

"이 속에 뭐가 있는 줄 알아?"

"철 속에요?"

"그래……"

저 속에 뭐가 있었나? 뭐가, 저 속으로 들어갈 수나 있나…… 물도, 빛도, 공기도 스며들 수 없는 꽉 막힌 덩어리가 아닌가.

너무 빤히 바라봐서일까. 철이 텅 비어 보인다. 바늘 하나 꽂을 수 없는 철덩이가 아니라 완벽하게 비어 있는 덩어리.

"뭐가 있는데요?"

"불."

용접 마스크를 쓰고 있어서 나는 그의 눈빛을, 표정을 읽을 수 없다.

"불이요?"

"잠든 불."

용접 마스크에서 들려오는 목소리가 의미심장해서 환청이 아닌가 의심스럽다.

"대장장이들이 왜 그렇게 망치로 메질을 하는 줄 알아?"

"왜요?"

"철 속에 가둔 불을 잠재우려고."

"……"

"번개, 소금, 철, 나무…… 그것들에만 불을 가둘 수 있어."

"나무에 불을 가둘 수 있다고요?"

"나무가 불을 품으면 화석이 되지."

"번개는요?"

"번개는 불의 화형대야."

"그럼, 소금은요?"

"소금은 불을 먹고 흰색을 만들어……"

"철은요?"

"불이 깊이 잠들수록 철은 더 단단해지지…… 불을 깨우면 안 돼."

"불이 깨어나면 어떻게 되는데요?"

"철이 녹아버려서 철배를 못 만들겠지."

"혹시 소문 들었어요?"

"소문?"

"2천 명을 쫓아낼 거라고…… 철배가 완성되면요."

"……"

"어쩌면 3천 명을……"

"그래서?"

"조선소 주인은 철배가 완성되길 바라지 않는다던데요."

"그래서 뭐가 어쨌다구?"

"혹시 알고 있었어요?"

"뭘?"

"소문 말이에요. 철배가 완성되면 조선소가 망할 거라는……"

그가 가죽 장갑 낀 손을 내저어 내 말을 막는다. "됐어, 됐다구."

"뭐가요?"

조선소가 망하든 말든 관심 없다는 걸까. 아니면 우리 중 3천 명이 쫓겨나든 말든 자신은 알 바 아니라는 걸까.

"혹시 무서워요?"

"뭐가?"

"철 속에 잠들어 있는 불이 깨어날까 봐요."

“흠……”

“불을 깨울까 봐요.”

그 순간 용접 마스크가 최 씨의 얼굴을 압박하듯 누르는 착시가 일어난다. 용접 마스크가 그의 얼굴에 들러붙어 한 덩어리가 되는 걸 빤히 바라보며 나는 깨닫는다. 철 재질의 미역색 용접 마스크에도 표정이 있다는 걸.

“집에 가면 몸이 열 개여도 모자라. 아침에 못한 설거지 해야지, 밥도 새로 해야지, 내 남편이 국 없이는 밥을 못 먹으니까 국도 한 냄비 끓이고 반찬도 한두 가지 만들고…… 빨래 개야지, 세탁기 돌려야지, 청소기도…… 고무나무에 물도 줘야 하고.”

“난 물 주는 거 귀찮아서 나무 같은 거 안 키워.”

“말라 죽어서 잎 하나 안 달렸지만 난 날마다 고무나무에 물을 줘.”

“그럼 죽은 고무나무가 살아나기라도 한대?”

“그냥 미안해서. 내가 물을 안 줘서 말라 죽었으니까.”

“고무나무에 물 줄 사람이 너 말고는 없어?”

“남편하고 애들은 고무나무가 말라 죽은 줄도 몰라.”

“난 짬 날 때마다 앵무새 찾아다니잖아.”

“앵무새?”

“16년 키운 앵무새가 치매에 걸려 두 달 전에 집을 나갔거든. 딸이 결혼해 집 떠나며 두고 가서 앵무새가 내 차지가 됐지.”

“앵무새도 치매에 걸려?”

"나도 앵무새를 16년 키우고 나서야 알았어."
"앵무새가 치매에 걸리면 어떻게 돼?"
"사람하고 똑같지. 했던 말을 하고 또 하고."

"자옥아, 앵무새는 잊어. 찾지 마."
"왜?"
"날아간 새는 부르지 않는 거야. 땅에 뿌린 씨앗은 줍지 않는 거고."
"누가 그래?"
"그런 건 누가 가르쳐줘서 아는 게 아니라 그냥 저절로 깨닫는 거야."
"우리 집 앵무새는 날아가지 않았어. 깡총깡총 뛰어서 집을 나갔어."
"앵무새가 아니라 토끼네."
"딸이 날개 깃털을 잘라서 날고 싶어도 못 날아. 날개 깃털 일곱 개가 바짝 잘려 있으면 딸이 낮에 집에 다녀간 거야."
"네 딸 아기 가졌다고 하지 않았어?"
"가을에 낳을 거야."
"사위가 소방관이랬지?"
"소방관 되려고 공부하고 있다고 했겠지. 시험 떨어지고 지금 용접 기술 배우고 있어."

"이왕이면 용섭 기술 배우는 게 낫시."

"앵무새가 없으니까 속 얘기 할 데가 없어."

"치매에 걸렸다며?"

"그래도 얘기는 들어줄 수 있지."

"난 집에서 그냥 달력 보고 얘기해. 티브이 보고 얘기하거나."

"내게 깃털도 줬어."

"깃털?"

"새가 깃털 하나를 주는 건 전부를 주는 거야."

"자옥아, 머리핀 두 개만. 머리카락이 자라는지 흘러내리네."

"넌 아직도 머리카락이 자라?"

"머리카락하고 손톱은 죽을 때까지 자라는 거야, 몰랐어?"

"자, 받아…… 머리핀 하나, 머리핀 둘."

"머리핀이 녹슬었네."

"머리핀도 쇠니까."

"자옥아, 오늘은 머리핀 몇 개 꽂았어?"

자옥은 늘 바늘처럼 생긴 쇠 머리핀을 수두룩이 스카프 안 머리에 꽂고 있다. 스카프를 풀면 머리핀 몇 개가 삐죽삐죽 성난 듯 돋아 있다.

“서른두 개. 난 아침마다 화장대 거울 앞에 서서 머리에 머리핀을 꽂으며 생각해. 머리핀이 왕관이라고. 머리핀 수십 개를 머리에 꽂고 있으면 꼭 왕관을 쓰고 있는 것 같아.”

“녹슨 왕관?”

“녹슬었어도 왕관은 왕관이야. 근데 내가 어디까지 얘기했더라?”

“새가 깃털 하나를 주는 건 자신의 영혼을 주는 거야.”

“내가 그렇게 말했어?”

“그럼 다르게 말했을까 봐.”

“작년 봄에 허리디스크 수술받고 집에서 놀 때였어. 집에 앵무새하고 나, 둘만 있었어. 낮에 집에 있으니까 기분이 이상했어. 시간도 안 가고, 라디오에서 웃고 떠드는 소리는 시끄럽기만 하고. 오늘 하루 조선소에 나가서 빵끼칠하면 일당이 얼만데 하는 생각만 들고…… 배도 안 고프고 괜히 눈물이 났어. 서러운 생각마저 들어 훌쩍거리고 있는데 앵무새가 새장에서 나와 깡총, 깡총, 내 앞으로 뛰어오더니, 작고 노란 머리를 쳐들고 쥐눈이콩 같은 눈으로 날 빤히 쳐다보다 모가지를 배배 꼬데. 나리꽃색 부리로 날개 깃털들을 고르는가 싶더니 연두색 깃털 하나를 물고 잡아당기지 뭐야. 쑥 뽑힌 연두색 깃털을 내 앞에 놓아두고는 깡총, 깡충 뛰어서 다시 새장 속으로 들어갔어."

"자옥아, 머리핀 한 개만 더!"

"아까 두 개나 뽑아 줬잖아."

"머리카락이 자라는지 계속 흘러내리네."

"미자, 너, 내 왕관이 탐나는 거지? 내가 어디까지 얘기했더라……"

"앵무새가 부리로 깃털을 잡아 뽑는 동안 눈꺼풀이 몹시 천천히 내려왔어."

"눈송이처럼 흰 눈꺼풀."

"난 눈꺼풀이 끝까지 감기길 바랐어."

"그럼 세상이 완전히 닫힐 테니까."

"달걀처럼."

"그리고 달걀이 돼."

"비가 그치고 해가 나면 달걀 위에 무지개가 떠."

“그럼 난 달걀 속에 들어가 발가락을 꼼지락거리다 잠이 들 거야.”

“아무도 내 잠을 깨우지 못해.”

“난 대관람차를 타고 돌고 도는 꿈을 꿀 거야. 대관람차가 한 바퀴 돌 때마다 내 입은 조금씩 빨개져서 새빨간 부리가 돼.”

“한 바퀴, 두 바퀴, 세 바퀴…… 대관람차는 돌고 돌고……”

“아무도 내 잠을 깨우지 못해.”

“내가 깨어나면 새빨간 부리로 세상을 찢을 테니까.”

45

"놓지 마……"

"놓지 마……"

졸음이 몰려온다. 나는 감기는 눈꺼풀을 억지로 들어 올리며 방진 마스크 틈새로 날아드는 쇳가루를 마시지 않으려 입을 악문다.

"부엌칼 그림자는 쥐."

"의자 그림자는 염소."

"감자 그림자는 달."

"해바라기 그림자는 망치."

아들 목소리다. 하지만 아들이 철상자 안에 있을 리가 없다. 아들은 집에 있다. 오늘 아침 나는 잠든 아들을 집에 혼자 두고 출근하며 일곱 살배기를 떼어놓고 멀리 돈을 벌러 떠나는 심정이었다. 요즘 아들은 아침에 잠들어 밤에 깨어난다. 나는 아들이 밤새 방문을 꼭 닫고 뭘 하는지 모르겠다. 영화를 보고, 책을 읽고, 게임을 하고…… (아들이 중고등학교 시절 가깝게 어울려 지내던 친구들은 조선소 마을을 떠났거나 조선소의 발판공이 됐다. 1년 전쯤 나는 아들과 가장 친하던 아이가 발판공이 돼 철상자를 찾아 떠나는 걸 우연히 보았다.) 집 현관을 나서기 전 나는 식탁 위에 간단히 요기할 만한 음식을 차려놓고 보리차가 든 유리병 옆에 돈을 놓아뒀다. 아들은 그 돈으로 담배를 사 피우고 필요한 것들을 살 것이다. 아들은 자신이 태어나고 자란 조선소 마을을 떠나고 싶어 한다. 나는 아들이 머지않아 그러리라는 예감이 든다. 내가 출근한 어느 날 아들은 고속버스터미널로 가, 매연에 찌든 고속버스를 타고 이 마을을 떠날 것이다. 고속버스에는 조선소 노동자가 되려 이 마을에 흘러들었지만 얼마 버티지 못하고 도망치듯 떠나는 사내들이 타고 있을 것이다. 그들의 눈에는 아들도 자신들과 같은 처지로 보일 것이다. 고속버스가 참새언덕 아래 도로를 지나갈 때 아들은 차창 너머로 대관람차를 올려다보며, 어릴 때 그것을 탔던 기억을 떠올릴 것이다. 초등학생이던 아들의 손에는 핫도그가 들려 있었다. 케첩이 흘러내려 아들이 입고 있던 새 옷에 떨어졌다. 아들은 제 아빠를 꼭 닮았다. 제 아빠가 그랬듯 아들은 돌아오지 않을 것이다. 평생 날 기다리게 할 것이다.

"가위 그림자는 사막여우."

아들 목소리가 또 들려와 나는 홀쩍 뒤 돌아다본다. 아르곤 가스통 너머, 둥글게 모여 앉아 가위로 함석판을 자르고 있는 단열공들에게 눈길을 준다.

별 볼일 없는 대학교를 나오고 취직이 안 돼 집에서 놀고 있는 아들에겐 특별한 능력이 있는데 그림자를 보는 것이다. 남편이 우리 곁에 있을 때 아들은 동물과 사물 들의 그림자를 보고 그것이 무엇인지 제 아빠에게 알려주곤 했다. 뭉게구름 그림자는 버스, 버스 그림자는 하모니카, 하모니카 그림자는 사다리, 사다리 그림자는 배추벌레. 아들이 보는 대로라면 이 세상 만물은 따로 떨어져 있지 않고 그림자를 매개로 서로 긴밀하게 연결돼 있다. 모양과 색깔이 제각각이지만 바늘로 꿰매 이어붙인 양말 기차처럼.

46

"철투구 같은 게 있네."

"얼굴이야. 쇳가루가 켜켜이 덮여 있어서 철투구처럼 보이는 거야."

"얼굴이 웃고 있네."

"얼굴이 찌그러져서 웃고 있는 것처럼 보이는 거야. 볼이 꺼지고 어금니가 빠지고 앓니를 하도 꽉 깨물어서 얼굴이 찌그러졌어."

"6천 개의 손이 사라져도 저 망치는 있겠지."

먹구름처럼 고여 떠 있던 철알갱이와 쇳가루가 흩어지고 가라앉으며 샌딩공이 부활하듯 되살아난다.

철판에는 한 글자만 남아 있다.

가

글자는 플래시 불빛 속에 있나.

철판이 밀려오고 밀려가는 것 같은 착시가 일어난다. 비틀거리던 샌딩공은 느슨하게 잡고 있던 호스를 두 손으로 꽉 움켜잡는다. 뒷걸음질하다 홀쩍 뒤를 돌아다본다.

깜박, 깜박, 깜박……

깜박이는 전구는 샌딩공에 등대 불빛이 된다. 그 너머 쇳가루에 휩싸인 철판은 바다다.

철상자 안 우리 모두가 자신의 말을 귀담아 듣고 있기라도 한 듯, 샌딩공이 깜박이는 전구에 초점을 맞추고 중얼거린다.

"아버지는 늙고 병들어 나무배를 만들었어."

깜박, 깜박, 깜박……

"아버지는 혼자 나무배를 만들다 돌아가셨어. 나무배는 버려져 따개비, 갯강구, 갈매기, 게들이 모여 사는 집이 됐지."

샌딩공은 섬에서 태어나 중학교에 들어가던 열네 살 되던 해 육지로 나왔다. 어부였던 아버지는 아들인 그를 자신의 고기잡이배에 태워 육지에 데려갔다. 육지 구경이라고는 스무 번 남짓밖에 못한 그를 번쩍 들어 육지 선착장에 떨어뜨려놓고는 담배를 한 대 피운 뒤 이글이글 타는 것 같은 눈으로 그를 강렬히 쏘아보곤 바다로 떠났다.

아버지가 돌아가시기 1년 전쯤 섬 서쪽으로 떨어지는 태양빛을 받으며 나무배를 만들던 아버지에게 그는 물었었다.

"아버지 배는 만들어서 뭐하게요?"

"바다에 물고기를 잡으러 가지."

"물고기는 잡아서 뭐 하게요."

"시장에 내다 팔지."

"그러고요?"

"물고기를 팔아 번 돈으로 쌀도 사고, 담배도 사고……"

"그러고요?"

"바다에 또 물고기를 잡으러 가지."

깜박, 깜박, 깜박……

"얼굴이 깨어나려 하네."

"쇳가루를 한 줌 뿌려줘. 그럼 다시 잠들 거야."

47

최 씨는 한 시간 넘게 꼬박 붙어 앉아 용접으로 메운 곳을 눈으로 훑는다. 유별나게 꼼꼼한 성격일까. 육안으로 살피는 걸로는 부족한지 장갑을 벗고 손가락으로 더듬어보기까지 한다.

"말끔하게 됐네요. 사상공들도 불평을 못 하겠어요."

그는 역시 아무 대꾸가 없다.

"사상공들은 용접공들에게 불만이 많으니까요."

그가 그제야 고개를 비스듬히 들어 날 쳐다본다. 누구지? 하고 묻는 눈빛이다.

"날 그새 잊어버린 거예요?"

"……"

"난 오늘부터 아저씨하고 짝이 됐지요. 내가 원해서 아저씨 짝이 된 건 아니고 박 반장이……"

그는 내 말이 끝나기 전에 고개를 돌려버린다. 용접 작업 내내 발생한 열기가 그의 발치에 웅덩이처럼 고여 있다.

나는 철판을 올려다본다. 철판은 가면처럼 보이기도 한다. 거인의 얼굴이 그 뒤에 숨어 있을 것만 같다. 그리고 어쩐지 거인의 얼굴은 슬픈 표정일 것 같다.

철판 낙서가 눈에 들어온다. 휴대전화 번호, 토끼 그림, 글자들…… 모든 철판에 낙서가 돼 있는 건 아니다. 아무 낙서가 없는 철판도 간혹 있는데, 상스러운 욕설이라도 써놓은 철판보다 비인간적이라고나 할까.

그가 엉거주춤히 바닥에 붙이고 있던 엉덩이를 일으킨다. 용접 장비를 주섬주섬 챙기기 시작한다. 작업복 바지에 새카맣게 묻은 쇳가루를 손으로 대충 턴다.

"저기, 뭐라고 써 있어요?"

"뭐?"

"저기 철판에……"

그가 고개를 비틀어 들고 내가 손으로 가리키는 곳을 올려다본다. 짙은 눈썹이 저절로 찌푸려진다.

"전체 확인……"

"그 낙서 말고 직사각형 위에…… 흰 분필 같은 걸로 휘갈겨 쓴……"

"인간…… 구함……"

"네?"

"인간…… 구함……"

그는 그리고 알아들을 수 없는 말을 옹알이하듯 중얼중얼하다 용접 장비들을 챙긴다.

다 합쳐 무게가 족히 30킬로는 나가는 용접 장비들을 양

손에 나눠 들고 나를 지나쳐 철계단 쪽으로 저벅저벅 걸어간다.

"참새 그림자는 꿀벌."

"주전자 그림자는 병아리."

이상하다, 아들 목소리가 왜 자꾸 들려오는 걸까…… 아들은 집에 있다.

허리를 거의 90도로 구부리고 한 발 한 발 힘겹게 내디디며 철계단을 올라가던 최 씨가 갑자기 허리를 일으켜 세우더니 사방을 두리번거린다.

"어디 갔지?"

잿빛인 그의 얼굴에 당혹스러운 표정이 스친다.

"누구요?"

"……"

"누굴 찾아요?"

"누굴……?"

되묻는 그의 눈가에 경련이 인다.

"네, 누굴 찾는데요?"

그가 동공이 커진 눈으로 날 뚫어져라 쳐다본다.

"그새 또 날 잊어버린 거예요?"

농담으로 건넨 말인데 정말 내가 누군지 모르는 듯, 그가 고개를 갸웃거린다.

"나는 아저씨의 짝……"

그는 내 말을 무시하고 철계단으로 발을 내디딘다.

최 씨는 7층 높이 허공에 발판을 연달아 놓아 구름다리처럼 띄워놓은 통로로 걸어 들어간다. 폭이 40센티 남짓인 발판에 용접 장비들을 부려놓는다. 나는 그와 발판 하나를 사이에 두고 자리를 잡는다. 내가 두 발을 딛고 선 발판 아래를 내려다본다. 다행히 발판 바로 밑에서 작업하는 노동자가 없다.

철판 앞에 자리를 잡고 앉은 그의 자세가 몹시 불편해 보인다. 철판에 번개 자국 같은 금이 가 있다. 금 사이로 옥수수가루색에 가까운 빛이 희미하게 새어 들고 있다.

"발판이 흔들리는 것 같아요."

내 목소리가 들리지 않는 걸까.

"발판이……"

탁, 탁, 탁, 탁, 지지직— 지지직— 폭죽이 터지듯 불티가 피어난다.

발판이 흔들리고 있다면 그가 모를 리 없다. 발판을 고정해놓은 나사나 철사가 풀려 있으면 용접 장비 무게만으로도 발판은 무너져 내렸을 것이다.

사실, 공중누각은 흔들림 속에 있다. 발판들도 마찬가지다. 벽돌처럼 묵직한 작업화를 신고 아침부터 저녁 늦게까지 흔들림 속에 서 있다 보니 느끼지 못하는 것뿐이다.

나는 금이 메워지는 게 싫다. 금이 있어야 철상자에 빛이 비쳐들고 바람이 드나드니까. 그래야 숨을 조금이라도 쉴 수 있으니까.

"누굴 찾았어요?"

"뭐?"

"아까…… 누굴 찾았잖아요."

"내가?"

"철계단에서요…… 누굴……?"

48

“달을 안개구름으로 바꾸기로 했대.”*

“왜?”

“몰라, 철판에 그렇게 써 있네.”

“요령 피우지 말고 힘을 써! 세상에서 가장 큰 철배가 우리 손에서 만들어지고 있다구……”

“반장, 조선소 주인도 알고 있어요?”

“뭘?”

“우리가 세상에서 가장 큰 철배를 만들고 있는걸요.”

“글쎄?”

“엽어지지 마.”

“흐려지지 마”

* 안드레이 타르코프스키, 『타르코프스키의 순교일기』, 김창우 옮김, 두레, 1997.

"색이 옅어지고 흐려지다 사라지는 게 죽음이야."

49

"불."

"눈."

"불에 눈이 떨어지면 백합이 피어나."

50

"누가 노래를 부르네."

깜박, 깜박, 깜박……

"누가 노래를 부르네."

철판 위에 쭈그리고 앉아 쉬고 있던 포설공들의 머리가 들린다. 껌을 질겅질겅 씹던 포설공이 감전된 듯 움찔한다.

"누가 노래를 부르네."

"누가?"

"우리 중에 누군가……"

"우리에겐 입이 있으니까. 입술이, 목소리가."

"입 없는 잎사귀도 노래를 불러."

"입 없는 돌멩이도 노래를 불러."

"돌멩이가 노래를 부르면 꽃이 돼. 세상 모든 꽃들은 돌멩이였어. 차가운 돌멩이, 뜨거운 돌멩이, 검은 돌멩이, 흰 돌멩이, 빨간 돌멩이, 둥근 돌멩이, 모난 돌멩이……”

“노래가 슬프네.”

“노래를 부르는 입이 슬프니까…… 먹고, 마시고, 떠들고, 한탄하고, 애걸복걸하고, 따지고…… 정작 하고 싶은 말은 못하고……”

“겁이 나네.”

“전선에 손가락이 껴 잘리기라도 할까 봐?”

“노래가 멎을까 봐.”

“노래는 시작이 있지, 그리고 끝이 있지.”

“노래가 멎으면 내 인생도 멈출 것 같아. 아무도 없는 철상자 안에서.”

“철상자에는 아무도 없어.”

“철상자 속 우리는 있으면서 없으니까.”

“그래서 우리의 죽음도 없어.”

“하지만 고통은 있어.”

"네 뺨에 내리는 쇳가루처럼."

검은색 스카프를 머리에 두른 도장공의 북어 껍질처럼 메마른 입술이 조금씩, 조금씩 다물린다. 그녀는 주변을 두리번거리다 슬그머니 스카프를 벗는다. 성긴 머리카락들 새로 검보랏빛 두피가 휑하게 들여다보인다.

그녀는 땀에 젖어 고불거리는 잿빛의 머리카락을 손가락으로 쓸어 넘긴다. 검은색 스카프를 흔들어 그것에 묻은 쇳가루와 유리가루를 턴다. 정사각형 스카프를 반으로 접고 그것으로 머리를 숨기듯 감싼다.

"난 새 스카프를 사러 갔었어."

그녀는 지난달 월급이 들어오고 시장에 갔다. 시장 초입 단골인 속옷 가게에서 스카프 수십 장을 허공에 매달아놓고 팔았다. 그녀가 스카프를 만지작거리기만 하자 속옷가게 여자가 걸어 나오더니, 문신을 짙게 해 영원히 감기지 않을 것 같은 눈으로 그녀를 쏘아보며 말했다.

"스카프 고르다 인생 다 가겠네."

여자는 노란 해바라기가 빽빽하게 프린트된 스카프를 빼들고 그녀의 얼굴 가까이 대보이며 말했다.

"이게 어울리겠는데."

"노란색이잖아.

"거무스름한 얼굴에는 노란색이 어울려."

"내 얼굴이 거무스름해?"

"백옥 같지는 않지."

"난 노란색은 딱 싫어. 노란색에서는 페인트 냄새가 나. 노란 참외에서도."

그녀는 스카프를 살 돈으로 고등어 한 마리를 사 들고 집에 돌아왔다. 토막 낸 고등어를 납작하게 썬 무와 함께 고추장 양념에 조려 식탁에 올렸다.

"난 스카프 살 돈으로 고등어를 샀어."

그녀는 30년째 백수인 남편을, 영업용 택시를 몰다 사고가 나 목과 다리에 깁스를 하고 집에서 쉬고 있는 아들을, 치매기가 있는 시어머니를 차례로 바라봤다.

"조선소에서 검은색 스카프를 한 여자는 나 하나야."

아들이 아무 말 없이 식탁을 떠나고, 조금 뒤 남편이 떠나고, 시어머니와 그녀만 식탁에 남았다. 시어머니가 백내장 낀 눈으로 그녀를 노려보더니 말했다.

"너 바람났지?"

"누가 노래를 부르네."

"노란 개나리꽃에서도 페인트 냄새가 나."

51

철파이프 숲에 용접공이 들었어.

그리고 숲에 번개가 두 번 쳤어.

꽃 한 송이 없는 숲에 벌이 들끓었어.

나무 한 그루 없는데 딱따구리가 나무 줄기를 쪼는 소리가 요란히 울려 퍼졌어.

해가 지고, 달이 지고.

밤새 숲은 조용했어.

이튿날 용접공 둘이 숲에 들었어.

앞서 걸어가던 용접공이 고개를 들다 우연히 그를 발견했어. 온몸이 보랏빛으로 변한 모습으로 철파이프와 철파이프 사이에 끼어 있었어.

누렇던 이가 부식된 톱날처럼 썩어 있었어.

목에 딱따구리 둥지 같은 구멍이 나 있었어.

벌새만 한 쇳조각이 철파이프 숲에서 날아오른다. 쇳조각은 파닥파닥 안감힘을 다해 날다 쇳가루 웅덩이로 곤두박질친다.

52

유리가루가 땀과 엉겨 땀구멍을 막는다. 혀가 샌드페이퍼처럼 깔끄럽고 쓰리다. 방진 마스크로 가렸는데도 입속으로 쇳가루와 유리가루가 날아들어 혀에 달라붙어서다. 목젖과 목구멍이 바늘로 찌르는 듯 따끔거리고 콧속이 간지럽다. 쇳가루와 유리가루가 엉겨든 침을 뱉지 못해 삼키며 철상자 안을 둘러본다.

푸른 작업복을 입은 우리는 쇠에 기생해 사는 푸른 벌레다. 아들이 초등학교 6학년일 때 고구마 맛탕을 먹으며 내게 읽어준 과학동화의 내용이 떠오른다. 인간과 생물은 환경에 맞게 진화하며 살아남았고, 그 과정에서 필요 없는 기능들은 퇴화했다고…… 물도, 햇빛도, 나무도 없고 바람 한 점 불지 않는 철상자에서 살아가려면 귀가 멀고 눈이 흐려져야 한다. 철상자에서 살아가는 데 도움이 안 되는 감각들을 잃어버린 벌레들은 철상자를 벗어나면 적응하지 못하고 죽는다.

철규 할아버지는 철상자에서 가장 진화한 망치공의 모습이다. 그는 조선소에서 가장 오래된 망치공이니까. 도장공들의 손톱이 갈라지고 바스러지는 것도 퇴화일까. 붓질을 하려면 손가락이 있어야 하지만 손톱은 굳이 없어도 되니까.

그럼 내 심장이 점점 작아지는 것도 퇴화일까?

그라인더들이 경쟁하듯 일제히 돌아간다. 그 소리가 얼마나 끔찍하고 굉장한지 철상자가 버티지 못하고 폭발할 것 같다. 쇳가루가 장마철 소낙비처럼 내린다. 나는 피할 생각을 않고 쇳가루를 고스란히 맞는다.

철상자 저 안쪽에서 전구 하나가 깜박인다. 깜박, 깜박, 깜박…… 마치 지구 밖 우주 어딘가에서 보내오는 경고 같다.

깜박, 깜박, 깜박……

"우리 모두 귀여운 수나귀들이고 암나귀들이래."*

"몸이 자꾸 옆으로 기우네."

"철판도, 페인트통도, 붓도……"

"철상자가 기울고 있어서 그래."

* 프리드리히 니체, 「읽기와 쓰기에 대하여」, 『차라투스트라는 이렇게 말했다』

“철상자는 조금씩 기울고 있어.”

“조금씩, 조금씩, 더 슬프게.”

53

백분처럼 흰 태양이 2호 크레인 위에 떠 있다.

철상자마다 사람들이 줄지어 나온다. 먹잇감을 찾아 나선 개미 행렬 같다. 사람들은 구내식당을 향해 무리무리 몰려간다. 조선소의 점심시간은 한 시간이다. 철상자에서 구내식당까지 왕복 30분이 걸리는 데다, 철상자 밖으로 나오는 데도 시간이 걸려서 정작 식사할 수 있는 시간은 20분 남짓이다. 줄을 늦게 서면 20분쯤 기다려야 해서 5분 만에 식사를 마쳐야 한다.

구내식당에는 줄이 10미터는 늘어서 있다. 땀 냄새, 땀에 전 작업복이 풍기는 냄새, 음식 냄새…… 배식판 부딪치는 소리, 음식 퍼 담는 소리, 수저 소리, 의자 다리가 바닥에 끌리는 소리, 수백 명이 밥알과 콩나물무침 같은 반찬을 씹는 소리, 목청 높여 떠드는 소리, 환풍기 여러 대가 한꺼번에 돌아가는 소리, 곳곳에서 대형 선풍기가 돌아가는 소리…… 귀가 떨어져나가지 않고 붙어 있는 게 신기하다. 덩치가 커다란 사내들 사이에 껴 앉아 시금치국에 만 밥을 서둘러 떠 먹던 경자가 날 보곤 알은체한다.

"늦었네!"

나는 어깨를 으쓱해 보이고 뒤를 돌아다본다. 내 뒤로 다시 10미터쯤 줄을 서 있다. 최 씨의 모습은 보이지 않는다. 식수대 앞에도, 배식판 반납대 앞에도, 과자와 음료와 담배 등을 파는 매점 앞에도 사람들이 길게 줄을 서 있다.

머리가 희끗희끗한 망치공들이 입에 밥알을, 콩나물을, 소시지를 한가득 물고 떠드는 소리가 들려온다.

"그래서 수컷 거위는 사랑에 빠진 암컷 거위와 행복하게 살고 있대?"

"사랑이 어디 쉽나?"

"짝이 있으니 외롭진 않겠지."

"짝도 짝 나름이지."

경자는 그새 밥을 다 먹고 배식판 반납대로 걸어가고 있다. 그녀가 앉았던 자리에는 얼굴이 유난히 까무잡잡한 청년이 퀭하게 꺼진 눈으로 초점을 흐리며 밥을 먹고 있다. 조선소에는 외국에서 온 노동자가 꽤 있다. 베트남, 필리핀, 방글라데시, 미얀마, 우크라이나…… 그들도 우리와 같은 하루살이 노동자다.

나는 배식판을 받아들고 빈자리를 겨우 찾아 앉는다. 밥을 퍼 시금치국에 마는 내 눈길이 맞은편 사내를 향한다. 못 같은 날카로운 것에 긁힌 흉터가 목에 거머리처럼 달라붙어 있다. 숟가락을 잡은 사내의 손이 심하게 떨린다. 사내의 입은 한 번도 다물린 적이 없는 듯 뒤틀린 채로 벌어져 있다. 사내는 간신히 밥을 퍼 입으로 가져간다. 밥알을 씹으면서도 사내의 입은 다물리지 않는다. 사내는 씹다 만 밥알들이 입에서 흘러내리는 줄은 모르고, 숟가락을 놓치지 않으려 손마디에서 우두둑 소리가 나도록 손가락을 구부린다.

*

기차 시간에 늦기라도 한 듯 종종걸음을 놓으며 걸어가는 두 여자가 내 눈에 들어온다. 정자 언니와 분희다. 나는 걸음을 빨리 해 그녀들을 따라잡는다.

1호 크레인이 드리우는 그림자 아래서 자고 있는 남자들을 보고는 분희가 말한다.

"내 남편도 어디서 자고 있겠지."

탑처럼 쌓인 철판 더미 옆에서도 한 남자가 누워 자고 있다. 만세를 부르듯 두 팔을 머리 위로 치켜들고 그을린 얼굴을 잔뜩 찡그리고 있어서, 거꾸로 매달린 채로 평생을 살아가야 하는 형벌을 받고 있는 것 같다.

"정자 언니, 형부 아니야?" 분희가 묻는다.

"그러네. 내 남편이네."

"엿새 전인가, '미미 통닭'에서 술 마시고 있는 형부를 보고는 반가워서 인사했는데 누군지 못 알아봐서 민망했지 뭐야."

"백내장이 부쩍 심해져서 사람 얼굴을 잘 못 알아봐. 수술 받아야 하는데 병원 갈 시간이 없어."

"정자 언니, 처자식이 없으면 덜 고생스러울 걸 왜 남자들은 기어이 가정을 꾸리고 아내와 자식을 만드는 걸까?" 분희가 묻는다.

"살려고…… 인간은 약해서 혼자서는 잘 못 살거든."

"인간이 약해?" 분희가 묻는다.

"너도 인간이지?"

"내가 오리나 여우는 아니니까."

"넌 네가 강한 것 같아?"

"그런 줄 알았는데 참새보다 못한 것 같아."

"약한 건 나쁜 게 아니야, 부끄러운 것도 아니지.

"강해야 살면서 괄시를 안 당하니까요."

"인간만 인간을 괄시하지. 인간이 인간을 괄시하는 건 자신이 강한 줄로 착각해서야. 인간이 정말로 강해지는 때가 있는데 평생에 딱 한 번이야."

"그게 언젠데요?" 내가 묻는다.

"죽으면. 숨이 끊어지고 심장이 멎으면 그제야 인간은 쇠처럼 강해져."

"쇠처럼요?"

"하지만 그것도 잠깐이야. 강해지자마자 단무지처럼 몸이 노랗게 부풀어 오르다 지독한 악취를 풍기며 부패되고 썩기 시작하지."

정자 언니가 갑자기 허리를 꼿꼿이 하더니 못처럼 우뚝 멈춰 선다. 분희하고 나도 덩달아 머뭇머뭇 걸음을 멈춘다.

백설기 같은 구름이 우리 머리 위에 가만히 떠 있다.

우리는 약속이나 한 듯 입을 다물고 철상자를 바라본다. 마름모꼴 모양의 철상자는 태양 빛을 받고 이물스러운 광채에 휩싸여 있다.

정자 언니가 말한다. "어제 저 안에서 발판공이 떨어져 머리를 심하게 다쳤다지……"

"겨우 스무 살이라고 들었어요." 내가 말한다.

"스무 살짜리가 어쩌다 조선소로 흘러들었을까……" 정자 언니는 말 끝에 혀를 찬다.

"갈 데가 없었겠지." 분희가 말한다.

"스무 살이면 황금 같은 나이인데 갈 데가 그렇게나 없었을까."

"언니, 언니 아들들을 생각해봐."

"그러네, 내 아들들……"

무거운 한숨을 토하던 정자 언니의 입이 다물린다.

분희가 갑자기 두 주먹을 불끈 쥐더니 소리 지른다.

"망해버려라!"

"조선소가 망하면 네 남편은? 너는?" 정자 언니가 묻는다.

그럼 분희의 남편은 다른 조선소를 찾아가거나 막노동판을 전전해야 한다. 그리고 그녀는……

"조선소가 아니면 갈 데가 없어. 내 남편도, 내 아들들도, 나도."

"정자 언니, 세상 사람들은 알까요?" 내가 말한다.

"뭘?" 분희가 묻는다.

"세상에서 가장 큰 철배를 만드느라 조선소에서 우리가 다치고…… 또……"

"또 뭐?" 분희가 묻는다.

"죽기도 한다는 걸……"

"세상 사람들이 우리 같은 하루살이 노동자에게 얼마나 관심이 있을 것 같아? 세상 사람들은 철배가 만들어지고 있는 것도 모를걸."

"세상에서 가장 큰 철배를 만들고 있는데 어떻게 모를 수 있어요?" 내가 묻는다.

"우리에겐 조선소가 전부지만, 그들에겐 그들이 살고 있는 세상이 전부니까."

우리는 누가 먼저랄 것 없이 다시 걷기 시작한다. 분희와 앞서거니 뒤서거니 하던 내 걸음이 저절로 멈춰진다. 정자 언니가 뒤를 돌아다본다.

"뭐 해?"

"저기서 새가 날아올랐어요."

나는 손을 들어 우리가 들어갈 철상자를 가리켜 보인다.

"녹가루야." 정자 언니가 말한다. 철상자 곳곳은 심하게 녹이 슬었다.

"새였어요. 깃털 색이 분홍색보다 짙고 빨간색보다는 옅은…… 꼬리 깃털이 유난히 기다란 아름다운 새요."

"아름다운 새?" 분희가 고개를 갸웃거린다.

"아름다운 새는 죽었어." 정자 언니가 단호하게 말한다. "내가 성냥 공장 아가씨일 때였어. 배꽃이 한창인 봄날이었어. 성냥 공장 뒷마당에 아름다운 새가 죽어 있었어. 가늘고 여린 보라색 모가지가 비틀려 있었어. 타버린 성냥 세 개가 아름다운 새 옆에 떨어져 있었어. 아름다운 새의 깃털은 은색, 노란색, 파란색, 보라색, 주황색…… 부리는 앵두처럼 빨갰어. 부리를 빨면 새콤달콤한 즙이 빨릴 것 같았지. 새는 눈을 뜨고 있었어. 나는 아름다운 새를 가제 손수건에 둘둘 싸 배나무 밭을 찾아갔어. 꽃이 가장 흐드러지게 핀 배나무 밑에 새를 묻어줬어.

"하지만 세상에 아름다운 새가 그 새 하나는 아니잖아요."

내 말에 정자 언니가 고개를 흔든다. "아니, 조선소 마을에 아름다운 새는 그 새 하나였어."

"정자 언니, 내 눈에는 까마귀도 아름다운걸요."

"까마귀는 불길하고 고상하지…… 다른 새들은 예쁘거나, 귀엽거나, 사랑스럽거나, 슬프거나, 처량하거나, 외롭거나……"

"정자 언니, 아름다운 게 뭐야?" 분희가 묻는다.

"모든 걸 합쳐놓은 거." 정자 언니가 말한다.

"빛으로 치면 흰빛이겠네." 분희가 말한다.

"흰빛?" 내가 묻는다.

"모든 빛을 섞으면 흰빛이 된다던데." 분희가 말한다.

"얘들아, 우리가 사는 게 왜 이렇게 힘든 줄 알아?" 정자 언니가 묻는다.

"왜요?"

"우리가 죽은 마을에서 살고 있기 때문이야. 마을의 아름다운 새가 죽고 배나무들이 말라 죽어갔어. 배나무들과 함께 마을도 죽었어."

그때 철상자 표면에서 새 한 마리가 또 머리를 내밀더니 머뭇머뭇 날갯짓을 하다 한순간 날아오른다. 새는 순식간에 내 시야에서 사라진다.

"죽은 마을에서 사는 건, 어미 새가 죽은 나뭇가지에 둥지를 틀고 새끼를 키우는 것과 같아. 둥지를 떠받치고 있는 가지가 썩고 메말라 언제 부러질지 몰라."

54

철상자 안 곳곳에도 남자들이 잠들어 있다. 망치를 머리맡에 놓아두고 발판 위에 미라처럼 누워 있는 망치공이 내 눈길을 끈다. 호두처럼 깡마른 얼굴을 전구 불빛이 비추고 있다. 미라는 자신이 파헤쳐진 걸 까맣게 모른다.

도장공 둘은 9층 높이 발판에 걸터앉아 얼굴을 떨어뜨리고 잠들어 있다. 둘 다 빨간색 스카프를 머리에 두르고 있어서 폭삭 늙어버린 성냥팔이 소녀들 같다. 조선소 마을의 성냥팔이 소녀들은 나이가 들면 도장공이 된다.

나는 잠든 망치공을 깨우지 않으려 살금살금 철계단을 내려간다. 하지만 조금 뒤 사이렌이 울리면 철상자는 다시 온갖 소리로 들끓을 것이다.

"철구멍에 용접공이 살고 있어."

"깃털 없이 날고 있는 못 열 개하고 하얗게, 하얗게 겁에 질린 망치하고."

"망치가 겁에 질리면 찢겨 국화꽃처럼 피어나."

"넌 칼이야……"

매자 할머니 목소리다.

"근데 칼이 흙 속에 묻혀 있네…… 흙은 칼을 녹슬게 하지. 칼 옆에 촛불…… 괴로워…… 물이 들어와 칼을 씻어줘야 반짝반짝 빛이 나는데 물 나올 데가 없네……"

"할머니, 난 인생이 너무 외롭고 고달파요."

"밤에 태어나서 그래. 밤은 거울, 버드나무, 멧돼지…… 낮에 태어났으면 네 인생이 달랐을 거야…… 낮에는 태양이 뜨고, 태양은 물을 만드니까."

"태양이 물을 만들어요?"

"네게 흙이 한 덩이 있어. 근데 촛불을 품은 흙이네…… 그 흙이 태양을 만나면 물이 생기지……"

"무슨 말인지 모르겠어요…… 왜 그래요? 눈을 왜 그렇게 치켜뜨는 거예요?"

"아, 내가 멍청한 소리를 했네!"

"네?"

"넌 태어나야 할 때 태어난 거야."

"태어나야 할 때요?"

"그래, 넌 밤에 태어나야 해서 밤에 태어난 거야."

"낮에 태어났으면 달라졌을 거라면서요?"

"그거야 그렇지…… 하지만 인간은 누구나 태어나야 할 때 태어나는 법이거든. 들짐승들도, 날짐승들도…… 네가 밤에 태어난 건 너의 운명……"

철계단 아래 후미진 곳에서는 포설공들이 어깨를 맞대고 누워 잠들어 있다. 나는 그들의 얼굴들을 하나하나 내 눈에 새겨넣듯 바라본다. 시침질을 해 꿰매어놓은 듯 두 눈을 질끈 감은 얼굴, 때에 찌든 도토리색 수건을 가면처럼 덮고 있는 얼굴, 크고 누런 이를 드러내고 으르렁거리는 얼굴, 주름이 깊이 져 흘러내리고 있는 것 같은 얼굴.

"오늘 새로 온 애 어디 갔어?"

"애?"

"쉰두 살이면 아직 애지. 난 예순네 살, 넌 예순세 살. 정애도 예순세 살이지? 명순 언니는 예순일곱 살."

"하긴 쉰두 살이면 한창 일할 나이지."

"애 낳으러 갔나?"

"애 가졌어? 애 가진 배는 아니었는데……"

"내가 그랬거든, 조선소에서 일하려면 집에 가서 애 마저 낳고 다시 오라고."

"애가 애를 낳으러 갔네."

"점심은 챙겨 먹고 갔나 몰라."

"나 하나 없어져도 세상은 그대로겠지."

"내버려둬."

"나중에……"

"나중은 없어."

"점심은요?"
곁눈질로 날 힐끔 쳐다보기만 할 뿐 최 씨는 대꾸가 없다. 얼핏 공구함 속 양은 도시락 통 같은 게 들여다보인다.

꼽추처럼 등이 심하게 굽은 사내가 철조각을 줍고 다닌다. 추수가 끝난 밭에서 이삭을 줍듯, 철상자 바닥에 나뒹구는 철조각을 주워 공구함 속에 집어넣는다. 철상자 바닥에는 철판이나 철파이프를 절단할 때 생긴 철조각이 널려 있다. 철판으로 짠 공구함은 찌그러지고 긁힌 자국투성이다. 용접공 남배 할아버지다. 그는 조선소 최초의 용접공들 중 하나로, 철규 할아버지와 동갑이다. 지금은 뺑뺑이 돌듯 물량팀을 전전하며 하루 벌어 하루 먹고사는 하루살이 노동사시반 한배 조선소의 정규직 노동자였다. 도박에 빠져 조선소에서 용접 일을 해 번 돈을 탕진하고 마을 외곽 6차선 도로변에 있는 슬레이트 집에서 살고 있다. 그 집에서 멀지 않은 곳에는 지붕이 무너져 내리고 찢겨 바람에 나부끼는 비닐과 담쟁이덩굴로 뒤덮인 축사가 버려져 있다.

"남배 할아버지, 철배는 잘 만들어지고 있어요?"

"뭐……?"

"철배요. 할아버지가 철배를 만들고 있다는 소문이 마을에 자자하던데요."

"뭔가를 만들고 있긴 하지."

소문에 따르면, 남배 할아버지는 버려진 축사에서 철배를 만들고 있다. 그곳에서 밤새 망치로 철조각을 때리는 소리, 용접기로 철조각을 지지는 소리가 들려온다. 그가 짬날 때마다 철조각을 줍고 다니는 것은 철배를 만들 철이 필요해서다.

"10년째 만들고 있다면서요?"

"10년…… 그렇군, 10년이나 됐군…… 내가 만들고 있는 게 철배인지는 모르겠지만 말이야……"

"철배가 아니면 뭔데요?"

"그거야 나도 모르지…… 다 만들고 나면 알겠지."

"그럼 도대체 언제 완성되는데요?"

"언제……? 글쎄 언제 완성될지는 나도, 내 마누라도, 아무도 모르지……" 남배 할아버지가 고개를 가로젓는다.

"완성되면 진수식도 하겠네요?"

"진수식? 그건 새로 만든 배를 처음 바다에 띄울 때 하는 거야……"

남배 할아버지가 철조각을 주우려고 허리를 구부려 팔을 바닥으로 뻗는다. 한동안 그가 조선소의 철을 훔친다는 소문이 돌았다. 공구함에 넣어 빼돌린 철을 고물상에 팔아 도박할 돈을 마련한다는 소문은 경비원의 귀에까지 들어갔고, 어느 날 경비원이 퇴근하는 그를 붙들어 세웠다. 우리가 지켜보는 앞에서 열어 보인 공구함 속에는 퍼즐 조각처럼 작은 철조각만 가득 들어 있었다.

방금 주운 철조각을 공구함에 집어넣고 저벅저벅 발을 내딛던 남배 할아버지가 자기 자신에게인지, 아니면 그냥 빈 허공에 대고 하는 것인지 모를 말을 의미심장하게 중얼거린다.

"시작도 못 했을 거야. 내가 만들려는 게 뭔지 알았으면, 언제 완성할지 날짜를 정해놓았으면…… 내가 아는 건 한 가지야. 철이 부족하다는 거야. 사방을 둘러봐도 철 천지인데 터무니없이 모자라……"

"남배 형님, 오랜만이에요."

"누구야…… 누가 날 불렀어?" 남배 할아버지가 주위를 두리번거린다.

"태식이요."

엉뚱한 곳을 응시하던 남배 할아버지의 고개가 그제야 최 씨를 향한다.

"음, 자네군……"

"잘 지내셨어요?"

"나야 그날이 그날이지…… 자넨 여전하군." 남배 할아버지의 얼굴에 순박한 미소가 떠오른다.

"형님이야 말로 여전하시네요. 점심은 드셨어요?"

"보리빵 두 덩이 먹었지. 위가 쪼그라들어서 보리빵 두 덩이면 충분해. 자넨?"

"난 든든히 챙겨 먹었지요."

"자넨 여전히 배고픈 걸 못 참는 모양이군."

"네……"

"마누라가 싸준 도시락을 펼쳐놓고 먹던 시절이 떠오르는군. 그때만 해도 조선소에 구내식당이 없어서 다들 도시락을 싸 들고 다녔어. 여름에는 쉰밥을, 겨울에는 언 밥을 먹었어. 한겨울엔 반찬도 꽝꽝 얼었어. 조선소에서 배급하는 작업복은 1년에 한 벌. 작업화도 한 벌. 못 끝으로 긁어

공구함에 이름을 새겼지. 안 그러면 누가 들고 가버리니까. 못으로 공구함 앞뒤에 이름을 대문짝만하게 새겨도 없어지곤 했어. 작업화도 곧잘 도둑맞아서 작업화에도 이름을 써넣었지."

"새 작업화를 도둑맞은 뒤로 형님은 도시락을 먹을 때도 작업화를 벗지 않았지요."

"그랬지. 새 작업화를 잃어버리고 얼마나 속이 상하던지…… 우린 도시락을 먹으며 전쟁 얘기를 나누곤 했어."

"네, 우린 종일 철배를 만들고 있는데 지구 어디에선가는 전쟁이 벌어지고 있었으니까요."

"전쟁이 끝난 뒤에도 우린 계속 철배를 만들었어."

"네, 우린 철배를 만들었어요."

"일이 끝나면 곧장 세면실로 달려가 작업복을 주물러 빨아 탈탈 물기를 털어 입고 조선소를 나섰던 게 자네였나, 용태였나? 쇳가루가 새카맣게 묻은 작업복을 색시에게 보여주는 게 부끄러워서 말이야. 자네도, 용태도 새신랑이었으니까."

"용태요."

"그렇군…… 용태는 신문을 읽었어. 둘둘 만 신문을 항상 작업복 주머니 속에 넣고 다녔어. 쉬는 시간에 그 친구가 신문을 펼치고 소리 내 읽기 시작하면 다들 귀기울여 들었지.

오늘의 날씨, 사건, 사고, 부음, 운세……"

"그 친구가 날씨 예보를 읽을 때면 꼭 기상 캐스터가 읽는 것 같았지요."

"용태 마누라 소식은 알고 있나?"

"용태 가고 조선소 마을을 떠난 뒤로 통 소식을 못 들었어요."

남배 할아버지가 돌아서다 말고 최 씨를 물끄러미 응시한다.

"난 봤어……"

"……"

"자네도 봤지……?"

"……"

"눈 깜짝할 새 용태가 바다로 떨어졌어……"

"……"

"웃고 있었지…… 큼직한 입을 벌리고…… 그리고 꿈인 듯 소리가 들려왔어. '배 나간다!'"

"난 못 봤어요."

"아니, 거기 있던 우리 모두가 봤어……"

"네, 나도 봤지요…… 하지만 철배가 바다로 나가는 건 못 봤어요."

55

손가락에서 피가 나, 아파.

계속 문질러줘.

쇠가 지우개처럼 말랑말랑해지면 네 입김을 불어넣어줘.

쇠에서 작고 귀여운 뭔가가 탄생할 거야.

56

오후 3시, 긴장이 풀리며 두 발로 서 있는 게 고역일 만큼 몸이 무겁다. 오후 2시부터 4시 사이에 하루 중 사고가 가장 많이 일어난다. 땀에 찌든 겨드랑이가 짓무르고 땀방울이 흐르는 등이 따끔거린다. 땀방울에 섞인 유리가루가 살갗을 긁어대서다. 서늘하던 철상자 안 온도는 40도에 달한다. 곳곳에서 용접 불꽃과 불티가 만발하고 그라인더와 전동 드릴과 샌딩기가 돌아가며 열기를 뿜어대니 온도가 올라가는 건 당연하다. 후끈 달아오른 3천 개가 넘는 몸이 발산하는 열기, 전구 불빛 열기…… 그 모든 열기는 밖으로 발산되지 못하고 고스란히 철상자에 고인다.

파닥, 파닥……

무슨 소리?

파닥, 파닥……

나방이 아기 손톱처럼 여린 감자색 날개로 유리창을 때

리는 소리다.

그러나 철상자에 나방이 있을 리 없다.

더구나 나는 가는귀가 먹었다. 쇳가루와 유리가루가 귓속을 갉아먹는 데다 망치 소리, 그라인더 소리, 용접 소리 때문에 철상자에서 살다 보면 누구나 가는귀가 멀고 만다. 우리가 목에 핏발이 서도록 목청 높여 말하는 건 귀가 잘 안 들려서다. 가는귀가 먹으면 목소리가 커지게 돼 있다. 나는 요새 부쩍 귀가 더 나빠져서 아들이 부르는 소리도 잘 듣지 못한다. 아주 어쩌다 아들과 식탁에 마주앉아 밥을 먹을 때면 혹시나 날 불렀나 싶어서 아들을 물끄러미 건너다 보며 묻곤 한다. 날 불렀니?

나방의 날갯짓 소리가 처음 들려온 건 지난겨울이었다. 잠을 자려고 불을 끄고 누웠는데 파닥파닥 소리가 들려왔다. 나방 날개가 유리창을 두드리는 소리, 그 충격으로 유리창이 소스라치듯 떠는 소리…… 유리창에 얼룩얼룩 떠도는 건 나방이 아니라 달빛이었다.

나방의 날갯짓 소리가 들려오면 나는 슬퍼진다. 슬픔에 잠겨 힘들어하면서도 그 소리가 들려오다 사라져버리면 불안하다. 어딘가에 나방이 죽어 있을 것 같아서다.

지난 겨울이 끝나갈 즈음, 고속터미널 앞에 있는 이비인후과에서 귀 검사를 받고 나서야 나는 나방의 날갯짓 소리가 존재하지 않는 소리라는 걸 깨달았다.

"존재……요?"

내가 고개를 갸웃거리자, 토끼만큼 커다란 분홍색 귀 모형 너머 백발 의사가 잠꼬대하듯 말했다.

"있는 거."

"있는 거요?"

"내가 세상에 있는 거, 그런 걸 존재한다고 하는 거야."

"내가 세상에 있는 거요?"

"그래그래, 내 말을 믿으라구."

파닥, 파닥……

남편이 조선소 취부공이 되고 사글셋방을 얻어 살 때였다. 남편과 나는 거의 매일 밤 사랑을 나눴다. 나방이 날개로 유리창을 두드리는 소리가 들려왔지만 나는 그 소리를 흘려들었다. 그 시절 내겐 남편과 사랑을 나누는 것보다 중요한 게 없었다. 남편이 잠들고, 유리창을 열던 나는 그 밑에 죽어 있는 나방을 발견했다. 잠을 깨우듯 나방의 날개를 새끼손가락 손톱 끝으로 살짝 조심스레 들추며 나는 속으로 중얼거렸다. 세상에는 많은 나방이 있어. 나방 한 마리 죽는다고 세상이 잘못되지는 않아.

나방의 죽음은 꼭 닫힌 유리창 탓일까, 날갯짓을 멈추지 않은 나방 자신 탓일까. 나방은 유리창을 깨뜨리려 했을까. 그 너머에는 하늘이 있고 바람이 부니까, 바람을 타고 숲으로 날아갈 수 있으니까.

파닥, 파닥……

나방 한 마리 죽는다고 세상이 잘못되지는 않는다. 그리고……

나는…… 있다……

57

"2호 크레인이 나르던 철판이 신호수를 덮쳤대."

"죽었어?"

"트럭에 부랴부랴 싣고 떠나버려서 살았는지 죽었는지 모르겠네."

"트럭에요? 구급차가 아니라요?"

"구급차를 부를 리가 없지."

"왜요?"

"구급차를 부르려면 119에 신고해야 하는데, 그랬다간 경찰에 산업재해로 접수되니까."

"일하다 다치면 당연히 산업재해 아니에요?"

"산업재해지. 하지만 그럼 0이 되니까."

"0이요?"

"숫자 0."

"0이 되면 안 돼요?"

"숫자가 0이 되면 처음부터 다시 시작해야 하니까."

"뭘 다시 시작해요?"

"자네, 오늘 출근하면서 조선소 정문 전광판에 떠 있는 숫자 봤나?"

"봤는데요……"

"숫자가 뭐였나?"

"3……"

"392, 무재해 무사망 392일. 어제는 391, 오늘은 392, 내일은 숫자가 393이 되겠지. 모레는 394가 되고. 그렇게 하루가 갈 때마다 1이 더해지지. 그러다 누가 다치기라도 하면 0이 되지. 그럼 0부터 다시 시작해야겠지."

우리는 조선소에서 일하다 다쳐도 함부로 산업재해 신청을 할 수 없다. 그랬다간 무재해 무사망 0일이 되니까. 그래서 우리 중 누군가 추락해 뼈가 부러져도, 목숨을 잃어도 조선소는 무재해 무사망이다.

두 달여 전에도 2호 크레인이 나르던 철판이 떨어져 신호수를 덮쳤다. 2호 크레인은 조선소에서 가장 오래된 크레인으로 철판 나르는 일을 주로 한다. 신호수들은 크레인이 철판을 나를 때 노란 깃발을 흔들며 방향을 잡아준다. 철판 무게는 보통 2톤이다. 그 사고는 인재였다. 2호 크레인이 한 번에 들 수 있는 철판의 적정 개수는 한 번에 한 개로, 한 개만 옮겨야 하는데 두 개를 옮기다 와이어가 끊어지는 바람에 철판이 그 아래 서 있던 신호수의 머리 위로 떨어졌다. 순식간에 벌어진 일이어서 신호수는 눈 깜짝할 새 압사 당했다. 그때도 구급차를 부르지 않고 트럭에 실어 병원으로 이송했다.

"0은 구멍이야."

"0은 거울이야."

"0은 없음."

"0을 아무리 들여다봐도 아무도 없어."

"사고가 안 나는 게 용하지. 열흘 일거리를 닷새 만에 끝내라고 하니……"

"나도 허리 다쳤을 때 트럭에 실려갔어. 내 얼굴로 떨어지는 용접 불똥을 피하려고 허리를 비틀다 3층 아래로 떨어졌지."

"3층이면 양호하군."

"바닥에 떨어지는 순간 난 정신을 잃었어. 정신을 차려보니 내 옆에서 빈 페인트통들이 나뒹굴고 내가 철판 위에 누워 있었어. 일어나려 했지만 사지가 말을 듣지 않았어. 그래서 계속 누워 있었지. 반장이 오더니 날 내려다보며 일어나라고 하더군. 내가 못 일어나겠다고 하자 날 버려두고 가버렸어. 난 너무 무서워서 울었어. 30분쯤 지나서야 반장이 다시 와서는 트럭이 기다리고 있다고 말했어. 정 씨하고 나 씨가 날 번쩍 들어 들것에 뉘었어. 앞뒤에서 들것을 들고 철 계단을 올라갔어. 트럭이 철상자 밖에서 시동을 켜고 기다리고 있었어. 날 들것째 빈 페인트통 수백 개가 실려 있는 짐칸에 실었어. 반장이 개털 뭉치 같은 담요로 날 덮었어. 안전 요원들이 볼까 봐. 반장이 '출발!' 하고 외치는 소리가 들렸지. 트럭이 투덜투덜 달려가기 시작했어."

"난 사다리에서 떨어져 다리가 부러졌을 때 의사한테 거짓말을 해야 했어. 집 계단에서 굴러 떨어졌다고 말이야. 반장이 그렇게 시켰거든. 난 작업복을 입고 있었어. 그리고 난 여관에서 살고 있어."

"의사가 믿어?"

"안 믿으면?"

"다 한통속이야."

"난 종종 개털 뭉치 같은 담요를 덮고 트럭 적재함에 실려 가는 꿈을 꿔. 난 어디로 실려 가는지 알지 못해. 내 몸은 쇠처럼 굳어가고 트럭은 계속 달려가……"

58

사상공이 열차 복도만큼 좁은 통로에 자리를 잡고 앉더니 그라인더로 철파이프를 자른다. 그라인더 날이 회전하며 벌통 속 벌들이 떼 지어 나오듯 쇳가루가 무섭게 날린다. 사방으로 흩어져 날리는 쇳가루의 일부는 내가 서 있는 곳까지 날아와 내 눈꺼풀 위에 내려앉는다.

사상공의 머리 위 전구 불빛이 깜박인다. 깜박, 깜박, 깜박……

둘둘 만 전깃줄 뭉치를 왼쪽 어깨에 짊어진 포설공이 통로를 걸어간다. 타이어만 한 전깃줄 뭉치의 무게 때문에 포설공의 어깨는 시소처럼 심하게 한쪽으로 기울어졌다.

"비켜!"

굼뜨게 몸을 일으키는 사상공을 포설공이 노려본다. "넓은 데 놔두고 여기서 하는 거야?"

"넓은 데?" 사상공이 너스레를 떨듯 묻는다.

"뭘 바라는 거야?"

"뜬금없군."

"비키기나 해."

사상공은 그라인더를 통로 바닥에 놔두고 옆으로 비켜

선다.

포설공이 험악하게 구겨진 얼굴에 자조적인 웃음을 흘리며 사상공에게 묻는다.

"그거 알아?"

"뭐?"

"난 내일 여길 뜰 거야."

"내일?"

"정말이야."

"저런, 설마!" 사상공이 어깨를 으쓱해 보인다.

"진심이라구." 포설공이 돌출된 눈알을 부라린다.

"어쩌지?" 사상공이 머리를 가로젓는다.

"뭐가?"

"내일 같은 건 없어."

"무슨 뚱딴지 같은 소리야." 포설공이 욕설을 섞어 쏴붙인다.

"조선소에는 오늘만 있거든. 오늘이 가면 오늘이 오지, 오늘이 있지."

"오늘?"

"오늘, 오늘…… 몰랐어?"

"하지만 난 내일 여길 꼭……"

포설공이 걸어 들어간 통로 안쪽에서 굵고 쉰 목소리가

들려온다.

거기 놔…… 풀어…… 다들 그만 일어나, 굼벵이처럼 꾸물거리지 말고…… 줄을 서…… 일렬로…… 잡아…… 당겨……

사상공이 휙— 휘파람을 분다.

"오늘이 가면 오늘이 오지, 오늘이 있지. 그리고 끝— 없어. 오늘이 가면, 오늘, 오늘, 오늘, 그리고 끝— 그리고 계속돼."

깜박, 깜박, 깜박……

수레를 끌며 걸어가던 오 씨가 깜박이는 전구를 바라본다. 수레를 놔두고 전구로 걸어간다. 깨금발을 하고 전구로 두 손을 뻗는다. 거뭇거뭇한 손가락들을 벌려 전구를 감싸 쥔다.

깜박, 깜박, 깜박……

전구 불빛이 부활하듯 되살아난다. 환해진 전구 불빛에 통로 바닥이 적나라하게 드러난다. 구부러진 못, 잘린 전선

줄 조각, 쇳가루, 함석판 조각 등이 어수선히 나뒹굴고 있다.

통로 발판에 흰 분필 같은 걸로 휘갈겨 쓴 낙서가 드러난다.

발 조심.

오 씨가 전구 갈아 끼우는 걸 유심히 지켜보던 사상공이 불만 가득한 목소리로 투덜거린다.

"나는 그들에게 몇 번이나 말했어요. 전구를 갈아달라고요."

"……그들?"

"그들이 누구겠어요, 뻔하지요." 사상공은 어깨를 으쓱해 보인다. 나는 그들을 볼 때마다 말했어요. 스무 번은 말했을걸요."

"그렇군……"

"며칠 전에도 아저씨가 철계단 전구들 중 하나를 새 전구로 갈아 끼우는 걸 봤어요. 철계단 전구가 나간 지 열흘이 지나도록 그들은 전구를 새 것으로 갈아 끼울 생각을 않더군요. 전구가 나가서 그 아래를 지나갈 때면 발을 헛디디지 않으려 발가락에 쥐가 나도록 긴장을 해야 했지요. 나는 너무 화가 나서 생각했지요. 오늘도 그들이 빛이 나간 전구를 본체만체하면 전구를 깨뜨려버리겠다, 철상자 속 모든 전구를 깨뜨려버리겠다…… 그런데 아저씨가 나타나 새 전구로 갈아 끼웠고 빛이 사라졌던 곳에 다시 빛이 생겨났어요. 빛이 다시 생겨나니까 좋더군요."

"철계단에는 모두 마흔한 개의 전구가 달려 있지." 오 씨가 먼 곳을 바라보며 중얼거린다.

"그래요?"

"철상자에는 모두 일흔여섯 개의 전구가 있어."

중얼거리곤 가버리려는 오 씨에게 사상공이 따지듯 묻는다.

"아저씨는 착한 사람인가요?"

"내가? 난 아직 나보다 사악한 인간을 못 만났어!"

"착한 사람도 아니면서 아무도 시키지 않은 일을 하는 거예요? 전구 살 돈으로 장갑이나 사서 끼지 그러세요."

"처음에 빛이 있었거든."

"처음의 빛에서 우린 너무 멀어졌어."

"처음의 빛에서 멀어지고 오랜 시간이 흐른 뒤 여자들이 배를 타고 바다로 나갔어. 바다 위에서 여자들은 돌아오지 않는 남편과 아들들을 위해 촛불을 켰어."

"처음의 빛만 뚫을 수 있어."

"더 높이……"

"더 깊이……"

그네 위 분희가 작업화 신은 발로 힘껏 허공을 찬다. 물장구치듯 두 발을 구르다 한순간 툭 힘을 빼고 아래로 떨군다. 철상자 아래서 올려다보면 박제 새 두 마리가 아무 데로도 날아가지 못하고 허공에 박혀 있는 것처럼 보인다.

영화 속 공중곡예사는 생크림처럼 새하얀 날개가 달린 옷을 입었지만 분희는 페인트로 얼룩진 푸른 작업복을 입었다. 그리고 영화 속 공중곡예사는 부드럽게 물결치는 황금빛 머리카락을 늘어뜨렸지만 그녀는 철사처럼 억센 머리카락을 질끈 동여매 스카프 속에 감췄다.

"안 들려……"

"꿀벌이 꿀을 따려 작은 꽃잎을 벌릴 때 어떤 소리가 나는지 알아야 한대."

"안 들려……"

"영혼이 병들어서 그래."

"재 영혼이 병든 걸 네가 어떻게 알아?"

"난 조선소 일이 없는 날이면 성당에 가. 갈 데가 없기도 하고, 성당이 집 뒤에 있거든. 성당 뒷마당 풀밭에 석고로 만든 여자가 서 있어. 여자 앞에 긴 나무의자가 놓여 있어. 난 의자에 앉아 볕을 쬐기도 하고 꾸벅꾸벅 졸기도 해. 내 또래로 보이는 단발머리 여자가 함께 나무의자에 앉아 있을 때도 있어. 여자는 늘 두 손을 모으고 뭔가를 빌지만 난 아무것도 빌지 않아. 한번은 여자가 날 바라보더니 그러데. '들었지요?' '네?' '음성요.' 내가 고개를 갸웃거리자 여자가 또 말했어. '좀 전에 우리에게 들려주신 아름답고 은혜로운 마리아님의 음성 말이에요.' '나는 아무 소리도 못 들었어요.' 내가 그랬더니 여자가 그러지 뭐야. '저런, 영혼이 병들어서 그래요.'"

"개 짖는 소리가 안 들렸어."

"그러곤 남편 목소리가 안 들렸어. 그건 좋데. 남편 목소리가 안 들리는 건. 술 취한 남편 목소리가 들려오면 심장이 찌그러진 깡통이 되니까. 내 남편은 술에 취하면 사나워져. 그러다 딸들 목소리마저 안 들리더니 낯선 여자 목소리가 들리기 시작했어. 시끄럽고 빠르고 화가 나 있는데 우는 것 같은 목소리……"

"내 목소리였어."

"내 목소리만 들려."

"난 그 말 안 믿어. 간절히 바라면 바라는 대로 된다는 말."

"끔찍하지?"

"안 들려……"

"영혼이 병드는 게 뭐야?"

"넌?"

"눈송이가 땅에 떨어져 녹을 때 어떤 소리가 나는지 알아야 한대."

"안 들려……"

분희가 붓을 페인트통 속으로 가져가다 말고 아래를 내려다본다. 망치공들, 용접공들, 사상공들, 도장공들, 샌딩공들, 안전 요원들, 저 아래 포설공들…… 푸른 작업복을 입었거나 그 위에 방진복을 걸친 인간들만 그녀 눈에 들어온다.

"인간 천지네……"

풀이 죽어 하마터면 붓을 떨어뜨릴 뻔한 그녀의 얼굴이 문득 밝아진다. 천사는 인간을 볼 수 있지만 인간은 천사를 볼 수 없다는 사실을 방금 막 깨달아서다.

그녀는 빙그레 붓에 페인트를 듬뿍 묻힌다. 철판으로 붓을 가져간다. 붓이 핥고 지나간 자리마다 꽃잎이 달리듯 노란색이 번진다.

"난 남편이 불쌍해. 그 마음은 진심이야."

그녀는 붓을 다시 페인트통 속에 집어넣는다.

"그리고 난 사랑이 하고 싶어. 그 마음도 진심이야."

그녀는 붓을 페인트통 속에 푹 담갔다 꺼내 철판으로 가져간다. 붓에서 페인트가 흘러내려 그녀의 작업복 바지로 떨어진다.

납빛이던 철판이 노란색 꽃잎으로 뒤덮인다.

"내겐 지금 두 개의 진심이 있어. 진심이 두 개면 슬퍼…… 그건 밤하늘에 별이 두 개 떠 있는 것과 같아. 반짝이는 두 개의 별은 서로 멀리 떨어져 있어. 별이 두 개여서 밤하늘은 슬프지만 어느 하나의 별도 버릴 수 없어."

60

미애도 공중그네를 탄다. 그녀는 마흔아홉 살로 도장공들 중 나이가 가장 어리다. 그리고 그녀는 우즈베키스탄 남자와 살고 있다. 배구 선수만큼이나 키가 큰 그의 얼굴은 밀가루를 바른 듯 희고, 눈동자는 회색이다. 고불거리는 머리카락은 붉은색이다. 그리고 그는 미애보다 아홉 살이나 어리다. 그는 발판공으로, 태양을 등지고 걸어가던 발판공들 속에 그도 있었다.

작년 여름 폭염이 기승을 부리던 날, 땀과 쇳가루에 찌든 작업복 차림으로 삼거리 횡단보도에 서 있던 그의 모습이 잊히지 않는다. 그의 얼굴은 그 안에서 성냥 수십 개가 한꺼번에 타오르는 듯 시뻘겋게 달아올라 있었다. 겁에 질린 회색 눈동자는 빈 곳을 뚫어져라 응시하고 있었다.

미애가 우즈베키스탄에서 온 하루살이 노동자와 살고 있다는 소문을 들은 정자 언니는 그녀에게 물었다. 그녀들은 사촌지간으로 친자매처럼 닮았다.

“넌 지긋지긋하지도 않나 봐?”

“뭐가?”

“또 조선소 노동자와 살고 싶어?”

미애의 첫번째 남편은 도장공이었는데 폐암으로 세상을 떠났다. 두번째 남편은 떠돌이 용접공 출신으로 하청 업체를 운영하며 은행에서 대출 받은 빚을 그녀에게 떠안기고 조선소 마을을 떠났다. 그녀는 붓질을 해 버는 돈의 대부분을 두번째 남편이 진 빚 갚는 데 쓴다. 첫번째 남편은 너무 일찍 세상을 떠나는 바람에, 두번째 남편은 이혼한 전처와의 사이에 낳은 자식이 셋이나 있어서 그녀와는 아이를 갖고 싶어 하지 않았던 탓에 그녀는 아이가 없다.

"외로우니까……"

"길 가는 열 사람을 붙잡고 물어봐. 열 사람 다 자기가 외롭다고 할걸."

"혼자 살면서 외로운 거하고, 둘이 살면서 외로운 건 달라. 내 외로움은 혼자 살아본 사람만 알아. 혼자 잠들고, 혼자 깨어나고……"

"하여간 넌 모질지 못해서 탈이야. 그러니까 남들 비웃음이나 사지."

"사람이 사람하고 정 붙이고 사는 게 비웃음 살 일이야?"

"사람도 사람 나름이야. 그 우크라이나 놈, 고향에 처자식이 있다며? 그놈이 당장 내일이라도 제 마누라 찾아서 떠나버리면 어쩔 거야?"

"언젠가 날 떠날 게 무서워서 함께 살고 싶은 걸 참고 싶지는 않아."

"그놈은 결국 널 버릴 거야."

"난 욕심 없어. 난 그이를 갖고 싶은 게 아니야. 나 자신도 가질 수 없는데 누굴 가질 수 있겠어."

"알긴, 잘 아네."

"난 그냥 그이하고 같이 살고 싶은 거야."

"언제까지?"

"언제까지……?"

"그래, 언제까지."

"같이 살 수 있을 때까지……"

"고작 하루여도?"

"하루는 길고 길어. 밤은 더 길고……"

"하루만 살고 말래?"

"때가 되면 그는 우크라이나로 돌아가려고 하겠지. 그럼 난 웃으며 그이를 보내줄 거야. 그이가 이 세상 아무 데도 없다고 생각하며 살 거야."

"말은 통하니?"

"그이는 우크라이나 말을 하고, 나는 우리말을 하고."

"말도 안 통하는 놈하고 무슨 재미로 살아?"

"우리 사이에 말은 필요 없어. 남자와 여자가 말없이도 함께 살 수 있다는 걸 난 그이와 살면서 깨달았어."

"넌 죄를 짓고 있는 거야. 그 우크라이나 놈도 그렇고."

"죄?"

"그래, 너희 둘 다 그 여자에게 몹쓸 짓을 하고 있는 거야."

"그 여자?"

"우크라이나 놈 마누라 말이야. 그 여자는 자기 남편이 아홉 살이나 더 먹은 여자와 살고 있는 걸 까맣게 모르겠지."

"그 여자는 멀리 있어…… 그이는 월급을 받으면 아내에게 보내. 다정한 성격이어서 아내나 아이들 생일이 다가오면 옷이나 장난감, 신발 같은 선물을 사서 고향 집에 부치지. 그리고 그이는 거의 매일 내가 듣는 데서 아내와 전화 통화를 해. 내 품에 안겨서 통화할 때도 있어. 그이는 거인처럼 크고 나는 난쟁이처럼 작지만 그이는 내게 아기처럼 안겨 있는 걸 좋아해. 우크라이나 말이어서 나는 어차피 알아듣지 못하니까. 그 여자는 울어…… 우는 소리가 내게도 들려. 그 여자는 남편이 그리워서 우는 걸까…… 그렇겠지…… 그럼 나도 따라서 울어…… 그 여자는 소리 내 울지만 나는 소리 내지 않고 울어…… 내 울음소리가 전화기 너머 그 여자에게 들리면 안 되니까."

"한심해."

"그 여자는 자신의 남편이 일하는 조선소가 얼마나 무섭고 끔찍한 곳인지 몰라. 나도 도장공이 되기 전에는 몰랐으니까. 그 여자는 남편이 부치는 돈으로 살림을 하고, 시부모를 모시고, 아들 둘을 키우지. 열 살, 열두 살인 그 아이들은 아빠인 그이를 쏙 닮았어. 그이는 자기 아내를 사랑해."

"넌? 그놈이 너도 사랑한대?"

"날 자기 아내만큼 애틋하게 사랑하지는 않지만 날 좋아해. 질투가 나지만 난 그 여자를 위해 기도해. 그 여자는 날 몰라도 난 그 여자를 아니까."

"오지랖이야."

"이상해…… 그 여자를 위해 기도할 때면 나 자신을 위해 기도하는 기분이 들어. 그래서 밤마다 그 여자를 위해 기도하는 걸까……"

"분명한 건 그 우크라이나 놈이 널 떠날 거라는 거야. 난 헛소리 안 해."

"정자 언니, 며칠 전에 그이가 몹시 아팠어. 열이 39도까지 올랐어. 그날 그이도, 나도 밤 10시까지 잔업을 했어. 11시가 넘어서야 집에 돌아온 그이는 작업복을 벗다 말고 쓰러졌어. 싱크대 개수대에서 음식 썩는 냄새가 올라오고 식탁 위 짓무른 바나나에서 날벌레가 들끓었어. 그이는 눈을 뜨고 있었지만 신비로운 회색빛 눈동자는 아무것도 보지 않고 있었어. 그이가 어떤 이름을 불렀어. 새 이름 같았어. 예뻤거든. 그이는 신음을 토하다 똑같은 이름을 또 불렀어. 올하('신성한'이란 뜻을 가진 우크라이나 여자 이름)…… 올하……그게 그 여자 이름이란 걸 나는 깨달았어. 나는 기운을 차리려고 짓물러 고름처럼 흘러내리는 바나나를 먹었어. 그리고 기도를 했지. 그이의 몸에서 작업복을 벗기고 밤새 그이를 돌봤어."

"너 자신이나 돌봐."

미애는 3년 전 유방암 진단을 받았다. 초기였지만 수술과 항암 치료를 받아야 했다. 그 바람에 두번째 남편이 진 은행빚에 병원비를 치르느라 여기저기서 꾼 빚이 더해졌다. 그녀는 불어난 빚을 갚고 먹고살기 위해 다시 붓과 페인트통을 들었다.

"넌 누굴 돌볼 처지가 아니야."

"그이를 돌보는 게 날 돌보는 거야. 그이가 잠들면 난 그이의 얼굴을 어루만져주지. 그럼 그이의 얼굴은 웃는 얼굴이 돼. 구겨져 있던 얼굴이, 그래서 울고 있는 것 같은 얼굴이, 화내고 있는 것 같은 얼굴이…… 그이의 얼굴이 펴지는 걸 보고 있으면 내 손이 마술을 부리는 것 같아. 손톱들이 갈라지고 부러져서 마녀 손만 같은 내 손이……"

61

"흰나비가 망치에 앉았네!"

"흰나비가 못 무더기에 앉았네!"

흰나비는 어디로 들어왔을까. 빛을 타고 들어왔을까.

면도날로 그은 자국 같은 틈새로 은색 빛이 비쳐들고 있다.

"나비가 꿀을 따먹으면 꽃이 시들어."

"새가 꿀을 따먹으면 꽃이 떨어져."

"흰나비가 안전모에 앉았네."

"나 졸려."

"자옥아, 저기 네 오빠가 있네."

"어디?"

"저기……"

"안 보여."

"빗질을 하고 있잖아."

"안 보여."

자옥은 냉랭하게 대꾸하고는 붓에 페인트를 묻힌다. 페인트가 흠씬 묻은 붓을 철판으로 가져가며 자신에게조차 들리지 않을 만큼 흐릿한 소리로 말한다.

"내 오빠는 늙고 병들었어…… 내가 일곱 살, 오빠가 열일곱 살. 싸라기눈이 날리는 들판을 헤매다 돌아와 병아리를 품에 끌어안듯 날 안아주었어. 초등학교를 다니다 만 오빠는 밤마다 내게 글자를 가르쳐줬어. 닭, 돼지, 염소, 개, 앵두, 시냇물…… 오빠는 착하고 수줍음을 많이 타는 소년이었어. 엄마가 말했어. 오빠가 도시로 나가 공장에 다닐 거라고. 오빠가 고향을 떠나고 고향 마을에 전기가 들어왔어. 몇 년 뒤 나도 고향 마을을 떠나 도시로 갔어. 인쇄 공장에 다니는 오빠 밥을 해주고 빨래를 해주다 목욕탕 집에 식모로 들어갔어."

"나 목말라."

"나 아파."

"흰나비가 날아가네."

"신은 인간을 사랑하는 게 분명해."

"저 늙은 망치공을 보라구. 신이 인간을 사랑한다는 말이 나오나?"

"인간은 계속 태어나고 있어. 그게 신이 인간을 사랑한다는 증거야. 사랑하지도 않는 걸 지겹게 계속 만들 리가 없잖아."

"뭔가 해야 하니까 인간을 만드는 걸 거야."

"뭘?"

"신도 뭔가 노동 같은 걸 해야 하니까."

"인간도 결국은 노동의 산물이란 말이야?"

숨 쉬는 게 고역이다. 철상자 밖으로 뛰쳐나가고 싶다. 심장 박동이 빨라지고 얼굴이 화끈 달아오른다. 다리가 후들거린다. 눈꺼풀이 바르르 경련한다. 눈썹에 켜켜이 쌓여 있던 쇳가루가 날린다.

머리 위에서 못 무더기가 떨어지는 소리가 들린다. 못들이 안전모를 뚫고 내 머리에 박히는 것 같다.

불 감시자로 일하던 첫날, 정말로 못 수십 개가 내 머리로 떨어졌다. 안전모를 쓰고 있지 않았으면 못들은 내 머리에 박혔을 것이다.

"흰나비가 사다리에 앉았네."

아르곤 가스통을 등에 짊어진 남자가 혼잣말을 중얼거리며 철계단을 올라간다. 무게가 10킬로는 나가는 파란색 아르곤 가스통이 심장이나 폐 같은 장기라도 되는 듯 남자는 멈춰 서서 가쁜 숨을 고를 때도 그걸 등에서 내려놓지 않는다.

"돈을 벌어 네이키드를 사야지. 헬멧, 가죽 장갑, 가죽 잠바, 청바지, 선글라스, 구두, 빨간 튤립, 팬티, 양말…… 살 게 많네. 카드 빚도 먼저 갚아야 하는데 빨간 튤립은 꼭 살 거야. 낯선 여관방에서 내가 세상 모르고 잠들면 빨간 튤립이 날 지켜줄 거야."

62

거위 부리처럼 튀어나온 발판 위, 절벽 둥지에 홀로 남겨진 새끼 새처럼 떨던 남자가 자신의 손을 살피듯 들여다본다.

"내 손등이 보라색이네…… 손가락들은 회색이고……"

"처음엔 인간이었어."

"그리고 새."

"돌."

철판에 붓질을 하던 분희의 고개가 훌쩍 들린다. 거위 부리처럼 튀어나온 발판을 향한다.

"언제부터야?"

"날 언제부터 보고 있었던 거야?"

63

최 씨가 용접기를 내던지며 벌떡 몸을 일으킨다. 자빠질 듯 휘청이다 뒷걸음질쳐 철판에서 물러선다. 졸음에 겨워하던 나는 소스라치며 비명을 토한다.

"왜 그래요? 무슨 일이에요?"

"불을 깨울 뻔했지 뭐야……"

"불이요?"

"그래, 저 쇳덩이 속에 잠들어 있는 불을……"

"깊이 잠든 거 아니었어요? 겨울잠에 든 개구리처럼요."

"개구리?"

"뱀처럼요."

그렇게 말하고 나니 개구리와 뱀의 형상을 하고 쇳덩이 속에서 잠든 불이 들여다보이는 것 같다.

"불을 깨울 수 있어……" 낮게 웅얼거리는 그의 목소리가 갈라진다.

"불을요?"

"내가 맘만 먹으면……"

"정말로요?"

"아무리 곤히 잠든 불이어도……"

"혹시…… 깨우고 싶어요?"

"……"

"불을……"

"어쩌면……"

가죽 장갑 속 최 씨의 손가락들이 경련하는 게 느껴진다. 실수로 불을 깨울 뻔한 게 아니라 불을 깨우고 싶은 충동에 사로잡혔던 걸까. 불을 지르고 싶은 충동을 억제하지 못해 불을 지르고 다니는 방화광 비슷한 걸까. 자기 집에 불을 놓고 집이 불타는 걸 황홀해하며 구경하더라는 남자 얘기를 들은 적 있다.

"불을 깨우려고 했어요?"

"……"

"불을……"

"깨우면 안 돼……"

최 씨와 나는 나란히 서서 말없이 쇳덩이를 바라본다.

쇳덩이는 아무것도 시작되지 않은, 그래서 아무것도 끝나지 않은 태초의 땅 같다. 그리고 그 앞에 서 있는 두 인간…… 남자…… 여자…… 메우다 만 틈새로 비쳐드는 빛은 태초의 땅에서 잉태되고 있는 최초의 빛이다.

남자가 쇳덩이로 걸어 들어간다.

여자가 쇳덩이로 걸어 들어간다.

나는 지금 꿈을 꾸고 있는 걸까……

저 쇳덩이 속에서 살 수 있을까. 남자는 여자가 있으면, 그리고 여자는 남자가 있으면 살 수 있으려나. 태초에 남자와 여자, 둘만 살고 있었다니까.

조선소에 취직하려 살던 도시를 떠나 조선소 마을로 내려오던 고속버스 안에서 남편은 내게 말했다. 나만 자신 곁에 있으면 세상 어디서든 살 수 있다고. 조선소 마을은 남쪽 끝에 있었다. 아침에 출발한 고속버스는 집들과 마을, 호수, 강, 산을 지나 날이 어둑해져서야 조선소 마을에 닿았다. 고속버스에서 내린 우리를 가장 먼저 반겨준 것은 터미널 시계탑과 외발 비둘기였다. 우리는 터미널 앞 식당에 들어가 가락우동과 김밥으로 허기를 달랬다.

남자와 여자는 손을 잡고 쇳덩이 깊숙이 걸어 들어간다.

나도 그랬다. 남편만 내 곁에 있으면…… 그런데 나는 조선소 마을에서 남편 없이 20년째 살고 있다.

쇳덩이가 녹슬고 부식되면 작은 벌레들이 꼬인다. 벌레들을 잡아먹으려 참새들이 날아든다. 참새들 발가락에 달라붙어 있던 흙이 떨어져 쇳덩이에 묻어난다. 쇳덩이에 비가 내린다. 눈이 내린다. 번개가 치고 햇빛이 내리비치고, 개미보다 작은 씨앗 하나가 바람을 타고 날아와 쇳덩이에 떨어진다…… 어느 날 기적처럼 쇳덩이에서 풀포기가 자란다.

최 씨가 비치적비치적 쇳덩이로 다가선다.

설마 정말로 저 속으로 걸어 들어가려는 걸까.

최 씨가 몸을 구부리더니 내팽개쳐져 있는 용접기를 집어 든다. 무릎을 접고 쇳덩이 앞에 자리를 잡고 앉는다. 엉덩이를 들썩들썩하더니 허리를 비틀어가며 자세를 잡는다.

탁, 탁, 탁, 지지직— 지직— 지직—

쇳덩이에서 흰 연기가 스멀스멀 피어오른다. 나선형을 그리며 퍼지는 연기는 쇳덩이 속에서 잠든 불이 꾸는 백일몽 같다. 쇳덩이에 든 남자와 여자는 연기 너머로 사라지고 없다.

64

분희는 두 발을 엇갈려 힘껏 구른다. 그네가 미끄러지듯 앞으로 나가며 공중누각이 휘청거린다. 순간, 공중누각에 매달린 우리 모두 출렁인다. 그녀의 손에 들린 붓에 듬뿍 묻은 노란색 페인트가 망치공의 안전모로 떨어진다.

그녀는 목소리를 한껏 낮추고 재빠르게 속삭인다.

"보지 마!"

"난 누가 나 보는 거 싫어."

천사는 인간을 본다. 분희는 문득 천사가 어떻게 인간을 볼 수 있는지 궁금하다. 몸이 없는데, 그래서 얼굴이 없는데, 그래서 눈동자가 없는데.

천사가 눈동자를 가지려면 인간이 돼야 한다. 하지만 인간은 아무나 되는 게 아니다. 그리고 아무나 인간이 될 수 없다는 건 인간이 돼봐야지만 안다.

"눈 감아!"

슬픈 입은 오늘 밤 티브이 앞에서 튀긴 닭 날개 다섯 개를 뜯을 거야. 그래야 메마른 입술에 기름기가 도니까. 그리고 닭 세 마리가 무쇠 사다리 위에 앉아 있는 꿈을 꿀 거다. 검은 닭, 흰 닭, 노란 닭. 검은 닭과 흰 닭은 날개가 없고 노란 닭은 날개가 하나야. 노란 닭은 무쇠 사다리 꼭대기에 모자처럼 앉아 알을 품고 있어. 검은 닭이 낳은 알 두 개, 흰 닭이 낳은 알 세 개. 노란 닭이 낳은 알은 없어. 노란 닭은 하나뿐인 날개를 간혹 퍼덕이기만 할 뿐 꼼짝하지 않아. 자신이 자리를 뜨면 다른 닭들이 알들을 차지할까 봐.

65

최 씨가 용접으로 이어 붙인 곳을 망치로 탁, 탁, 탁 내리친다. 배불리 피를 빨아먹은 거머리처럼 부풀어 올랐던 곳이 평평하게 펴진다.

"달에서도 철배를 만들고 있대요."

"그래서?"

"알고 있었어요?"

"그런 것 같군……"

"달에는 물이 없다고 들었어요. 물이 없으면 강도, 바다도 없을 텐데 달에서는 왜 철배를 만드는 걸까요?"

"왜?" 최 씨가 자기 자신에게 묻듯 중얼거린다.

"강이나 바다가 있어야 철배를 띄울 거 아니에요?"

"대신에 모래가 있지."

"모래요?"

"그래…… 모래, 모래…… 달에는 모래가 넘쳐나지."

"그렇담 달에서는 모래 위에서 철배를 만들겠네요?"

내 말에 최 씨가 고개를 가로젓는다.

"아니, 모래 구덩이 속에서 만들어."

"자옥아, 머리핀 한 개만 더."

"세상에서 가장 긴 사다리는 이 철상자에 있어. 녹슬었지만 부서진 데는 없어. 그 사다리로 이 씨가 올라갔어. 파라다이스 모텔에서 치와와하고 장기 투숙하는 떠돌이 사상공. 그는 치와와를 마누라라고 불러."

"오늘은 아직 아무도 죽지 않았어."

"우리 중에 아무도."

"놓지 마…… 제발……"

66

"눈 감아!"

"난 네가 눈을 떴는지 감았는지 다 알아."

"눈 감으라니까!"

"내가 뜨라고 할 때까지 눈 뜨지 마."

"눈 뜨면 안 돼…… 절대……"

67

"꺼져!"

'안전거리확보'라고 쓴 팻말 너머에서 거친 소리가 들려온다. 스패너 같은 걸 던지는 소리, 고함, 윽박, 욕설.

"또 무슨 일이래?"

"안전 요원들이 작업 중지 스티커를 발부했겠지."

안전 요원들은 작업이나 작업 환경이 너무 위험하다고 판단되면 작업 현장에 '작업 중지' 스티커를 붙인다. 그럼 우리는 꼼짝없이 작업을 중단해야 한다. 우리가 항의하거나 스티커를 무시하고 작업을 계속하면 안전 요원들은 경고 스티커를 발부한다. 그럼 우리는 꼼짝없이 벌금을 내야 한다.

"나도 며칠 전에 저 위 통로에서 그라인더로 철판을 자르고 있는데, 안전 요원들이 나타나 작업 중지 스티커를 붙이려고 하지 뭐야. 그래서 그라인더를 내팽개치고 도망쳤지. 30분쯤 지나 돌아왔더니 그라인더에 스티커가 붙어 있더군. 기분이 어찌나 나쁘던지…… 나는 스티커를 붙인 채로 작업을 계속했지."

"위험해서 작업을 중지시킨 건데 왜 화를 내요?"

"아직 오후 3시밖에 안 됐는데 작업을 중단하면 오늘 작업량을 못 끝내니까."

"안전 요원들이 작업을 중지시켜서 못 끝낸 거잖아요?"

"안전 요원들은 작업 중지 스티커만 붙이면 끝이지. 언제까지 끝내야 하는지 그들은 알 바 아니니까. 결국 불이익을 받는 건 우리야."

"사고가 나는 것보단 낫잖아요."

"작업이 잠시 중단될 뿐이야. 바뀌는 건 없어."

바뀌는 건 없다. 바뀌는 건 우리뿐이다. 우리는 우리에서 우리로 바뀐다.

저 안에 정말 불이 잠들어 있을까. 불을 깨우고 싶다. 하지만 불이 깨어나면 쇳덩이가 녹는다. 그러면 그 안에 든 남자와 여자도……

뭉툭한 게 내 옆구리를 툭 찔러서 놀라 뒤돌아보니 박 반장이 능글스레 웃고 있다.

"어때?"

"뭐가요?"

"새 짝꿍 말이야. 맘에 들어?"

"맘에 들 것도, 안 들 것도 없어요."

"비싸게 구는군."

"누가요?"

"시치미 떼기는."

박 반장이 돌아서려다 말고 날 바라본다.

"아줌마, 근데 그거 알아? 매일 5백 명 넘게 조선소를 떠난다는 거 말이야."

"그래서요?"

"그래서? 하여간 그렇다고. 표정을 보니까 모르고 있었군. 그러면 그건 알아?"

"뭘요?"

"매일 5백 명 넘게 조선소 노동자가 되려고 이 마을을 찾아온다는 거 말이야."

68

"자 어서 말해. 저 핏기 없는 철에 남길 위대한 문장을 말하란 말이야."

"아……"

"때가 되면 포설공들이 몰려와 지워버리겠지만 우리가 하는 일이 의미 없는 건 아니지."

"생각이 안 난단 말이야……"

"한 단어라도 말해 봐. 불타오르는 단어."*

"아……"

"불타 재가 된 단어라도."

* 오시프 만델슈탐, 「자화상」, 같은 책.

69

"새의 심장이야."

"쇳조각이야."

"아니야, 새의 심장이야."

"나이테 같은 무늬 보여? 그라인더 날 자국이야."

"새의 심장이 커지며 새겨진 자국이야. 새의 심장은 조금씩, 조금씩 파문이 번지듯 원을 그리며 커져."

"새가 우리 머리 위로 날아갈 때마다 나는 빌었어."

"새야, 심장을 떨어뜨려줘!"

"뭘 봐서 새의 심장이라는 거야?"

"은어 빛깔이지, 비린내가 희미하게 나고, 감촉이 서늘하지,

아주 약간의 빛을 품고 있고…… 입김을 불어봐."

"후—"

"입김이 스며들지 못하고 퍼지네."

"봐, 새의 심장이잖아."

70

"눈 뜨지 마!"

우리는 태어나면서 모든 것을 잃었대.*

"눈 뜨지 마!"

(빵을) 빼앗아.

(나무를) 쓰러뜨려.

(창문을) 부숴.

"눈 뜨지 마!"

새들이 아직 우리 머리 위에서 날고 있어.

* 에밀 시오랑, 『태어났음의 불편함』, 김정란 옮김, 현암사, 2020.

"내가 눈 뜨라고 할 때까지 뜨지 마, 제발……"

인간에게 심장을 떨어뜨려준 새는 한없이 가벼워져서 일곱 개의 별 너머로 날아갔어.

71

"천사와 사랑에 빠진 도장공이 있대."

"그네를 타며 허공에 대고 혼잣말을 중얼거린대."

"사람이 되고 싶어?"

"넌?"

"난 됐어. 예순일곱 살이나 먹어 사람이 돼서 뭐 하겠어."

"조 씨 사람 아니었어?"

"나? 난 불법 취업 노동자. 날 조선소에 파견한 하청 업체가 넉 달 전에 폐업을 했거든. 월급이 꼬박꼬박 들어와서 폐업한 줄 꿈에도 몰랐지 뭐야. 휴대전화 문자로 보내오는 월급명세서에 하청 업체 이름이 없어서 이상하다 했어."

"내 월급명세서에는 늘 월급을 주는 하청 업체 이름이 없었어."

"강 씨도 불법 취업 노동자였어?"

"내가? 설마…… 난 조선소 노동자야. 지난 9년 동안 조선소 파워공으로 일한 내가 조선소 노동자가 아니면 누가 조선소 노동자겠어?"

"강 씨, 난 12년 동안 조선소 파워공으로 일했지. 하지만 난 하루도 조선소 노동자였던 적이 없지. 단 하루도 말이야."

"난 16년 동안 조선소에서 파워공으로 일했어. 16년 내내 하루 일하면 하루 일당을 받고, 닷새 일하면 닷새 일당을 받았어. 지난달에는 엿새 일해서 엿새치 일당밖에 못 받았어. 엿새 일당으로 네 식구가 한 달을 살아야 해서 또 카드빚을 졌지."

"왜 엿새밖에 못 했어?"

"몸살기가 있어서 잔업 빼먹은 걸 두고 괘씸해하던 반장이 다른 파워그라인더공에게 일감을 몰아줘서."

"반장에게 밉보이면 손해야."

"난 개인사업자야. 그래서 근로계약서가 없어."

"개인사업자? 배 씨, 사장님이었어?"

"말이 좋아 개인사업자지, 산재 보험에 가입할 수 없어서 일하다 다치거나 죽어도 책임져줄 곳이 없어. 지난번에 다쳤을 때 하청 업체에서 날 부르더니 서류를 내밀며 사인하라지 뭐야. 뭐냐고 물었더니 개인사업자등록증이라고 하대. 내가 선뜻 사인을 않고 머무적거리자 사인을 안 하면 일감을 줄 수 없다고 협박하더군. 그래서 울며 겨자 먹기로 사인했지."

"우리가 사람이 되면 망치들이 경악할 거야."

"우리가 사람이 되면 가위들이 놀라 얼어붙을 거야."

"내 손등 좀 봐, 핏줄마다 피가 방울방울 끓고 있어."

"우리가 사람이 되면 사람은 다른 존재가 돼 있을 거야."

"넌 어때?"

"사람이 되고 싶어?"

72

"반장, 이 가위는 더 안 드는 거 같아요."

"자넨 종일 가위 탓을 할 작정이군."

"가위가 안 드니까 그렇지요."

"도대체 뭘 오린 거야?"

"뭐긴요, 낙타잖아요."

"낙타가 들으면 어이없어 뒤로 나자빠지겠군."

"가위 때문이에요. 내가 초등학교 다닐 때 색종이를 얼마나 잘 오렸는데요. 별, 꽃, 나비, 잠자리, 악어, 오리……"

"자네, 새가 왜 하늘을 날 수 있는지 아나?"

"그거야 새는 날개가 있으니까……"

"날개는 닭도 가졌지."

"그럼 왜요?"

"습(習)."

"습이요?"

"습, 습! 자네 익힐 습을 어떻게 쓰는지 알고 있나? 깃 우(羽) 밑에 흰 백(白). 세상이 새하얗게 보일 때까지 죽어라 날갯짓을 해서 나는 법을 익혔다는 뜻이지."

73

“여기서 그만 내려가야 해.”

“꼼짝을 못 하겠어…… 몸이 얼어붙어서 한 발짝도 못 움직이겠어…… 높은 데 너무 오래 있었나 봐.”

“우린 내려가야 해. 그리고 더 높은 데로 올라가야 해.”

“더 높은 데? 여기보다 더 높은 데가 있단 말이야?”

“저기.”

“어디……?”

“저기 혼자 외롭게 그네 타는 아줌마 보여?”

“보여……”

“그네 타는 아줌마 뒤에 다이빙대처럼 튀어나온 발판도 보여?”

“보여……”

“높이가 7층은 돼 보이는군. 우린 여기서 내려가서 저기로 올라가야 해.”

“7층?”

“여기는 3층, 저기는 7층.”

“여기보다 더 높아 보이지 않는걸.”

“올라가보면 얼마나 높은지 알겠지. 난 그만 내려가야겠어."

"하지만 내 목소리가 조금 전부터 작아지기 시작했단 말이야……"

"난 그만 내려갈 테니 자넨 내려오든 말든 알아서 해."

74

안전모에 눌린 머리가 속을 파먹힌 게딱지처럼 텅 비며 시간이 몹시 느리게 간다. 시간은 점점 느려져 1초가 한 시간만큼 길어진다. 1초에 한 번 울리던 망치질 소리가 한 시간에 한 번 울린다. 그라인더는 시계 분침만큼 느리게 돌아간다. 도장공들은 깊은 바닷속 해초처럼 흐느적흐느적 팔을 움직여 붓질을 한다. 전기 드라이버에서 튕겨나간 나사못은 포물선을 그리며 날다 가위로 함석판을 오리고 있는 단열공의 안전모 위로 떨어진다.

용접 불티들이 날아올라 허공에 별처럼 박혀 반짝반짝 빛을 발산한다. 불티 색깔은 다양하다. 보라색, 흰색, 남색, 노란색, 주황색, 빨간색, 연두색, 파란색……

연노란 불티가 내 얼굴을 향해 몹시 느리게 날아온다. 어찌나 느린지 전동 드릴로 박아 허공에 고정시켜놓은 것 같다.

나는 초점을 맞추듯 불티를 물끄러미 응시한다.

"아악—!"

"왜 그래?"

"불티가, 불티가 내 눈에 들어갔어요."

"눈을 떠봐."

"못 뜨겠어요."

"눈을 떠!"

"눈동자가 타버린 것 같아요……" 나는 공포에 질려 울먹인다.

"눈을 뜨라니까!"

최 씨가 달구어진 다리미 같은 뜨거운 손으로 내 어깨를 우악스럽게 움켜잡고 날 사납게 흔든다.

"눈을 떠!"

나는 고개를 흔들다 간신히 눈을 뜬다.

그의 핏발 선 두 눈동자가 내 두 눈동자를 삼킬 듯 바라보고 있다.

"괜찮아, 멀쩡해."

그가 내 어깨를 움켜잡고 있던 손을 놓는다.

"불티가 내 눈에 떨어졌단 말이에요. 오른쪽 눈동자에요."

"멀쩡하다니까!"

그는 차갑게 쏴붙이고 돌아선다. 이마 위 용접 마스크를 내려 얼굴을 덮고 혼잣말을 중얼거리며 용접기를 집어 든다.

탁, 탁, 타탁 지지직— 불꽃이 피어오른다.

분명히 반딧불이처럼 연노란 불티 한 점이 내 오른쪽 눈동자로 떨어졌다. 내 눈동자에 떨어지는 순간 식어버린 걸까. 내 눈동자는 얼음처럼 차다.

75

"사다리가 흐르네."

"사다리는 깊어. 하지만 그 속에 물고기는 없어."

"쇠가 죽은 바다처럼 고요해."

"조금 있으면 쇠가 흐르기 시작할 거야."

"사다리도 흐르고, 쇠도 흐르고."

"쇠가 흐르기 시작하면 그 위에 새의 심장을 띄워."

76

또다시 길을 잃을 수도 있지만 1분이라도, 1초라도 바깥 공기를 쐬려 나는 철계단을 올라간다.

매자 할머니 앞에 청년들이 모여든다.

그녀가 말한다. "넌 칼이야."

"칼이요?"

"칼은 바닷속에도, 땅속에도 있어."

"나는 어디에 있는 칼인데요?"

"넌 언 땅속에 매장된 칼이야. 칼은 물에 씻기고 태양 빛을 받아야 반짝반짝 빛이 나. 칼이 땅에 묻히면 녹이 슬고 무뎌져. 칼은 나무를 만나면 그걸 깎아 재물을 만들려고 하지. 칼은 재물 욕심이 많거든."

"할머니, 나는요?"

"생년월일시가 어떻게 돼?"

"태어난 시간은 모르고…… 생년월일은……"

"음…… 넌 망망대해에 떠 있는 섬 위의 촛불이야. 늘 외롭고 아슬아슬해. 해가 지고 세상에 어둠이 내리면 홀로 어둠을 밝히지."

"매자 할머니, 나는요?"

"오, 넌 불이구나!"

"그래요?"

"나무가 있으면 좋은데 하나도 없네."

"나무요?"

"나무는 불의 땔감이 돼주니까. 흐르는 물을 멀리해…… 흐르는 물은 네 빛을 가리고 열기를 앗아가고 널 꺼뜨리지."

"흐르는 물이요?"

"비, 계곡물, 강, 눈물."

"할머니……"

"또 너야?"

"어딜 가야 큰 불을 머리에 이고 있는 여자를 만날 수 있을까요?"

"음, 그것까지는 나도 알 수가……"

"할머니, 날 왜 그런 눈으로 쳐다보는 거예요?"

"내가 큰 불을 머리에 인 여자라는 걸 깜박했지 뭐야!"

"네?"

"큰 불이 하나, 둘, 셋. 나는 나무가 없어. 내 죽은 남편은 물에 뿌리내린 작은 나무. 그래서 떠다니는 나무. 그 나무를 내가 태워 없앴지."

"도대체 무슨 말을 하는 거예요."

"내가 일곱 살 때 친정아버지가 해준 말이 이제야 떠오르네…… 내게 남편이 둘이라고 했어. 두번째 남편은 나보다 나이가 한참 어린 남자라고 했어…… 아주 늦게야 날 찾아올 거라고……"

"언니, 어디 가요?"

"너 애 낳으러 안 갔어?"

"집에 가다가 도로 왔어요. 생각해보니까 남편이 불임 수술을 받아서 애를 더 낳고 싶어도 못 낳아요. 그건 그렇고 언니는 페인트칠하다 말고 어딜 그렇게 급하게 가요?"

"복주 언니한테 물 넣어주러……"

"복주 언니요?"

"복주 언니 몰라?"

"복주 언니를 내가 어떻게 알아요?"

"복주 언니라고 있어. 날 조선소 도장공으로 취직시켜준 언니…… 소리가 들려서 못살겠어…… 창문 좀 넣어줘, 물 좀 넣어줘, 전구 좀 넣어줘…… 물이라도 넣어주려고. 맘 같아선 창문을 넣어주고 싶은데 내겐 창문이 없으니까."

"복주 언니가 어디에 있는데요?"

"탱크 속에……"

"거기가 어딘데요?"

"아, 거기…… 거기에는 실오라기만 한 빛조차 없어. 그리고 거기에는 박쥐 두 마리하고 눈 먼 너구리 한 마리가 살아. 그 너구리 이름은 매자야. 매자 할머니가 그 너구리를 처음 발견했거든. 매자 할머니가 가장 처음 탱크 속에 들어갔어. 그녀는 그때도 할머니였어. '너구리 매자'는 돼지보다 크고 달팽이보다 느려. 머리는 깡통 뚜껑처럼 납작하게 눌렸고. 톱날 같은 이빨이 주둥이에 촘촘히 나 있지만 순해서 안 물어."

"박쥐들은요?"

"박쥐들은 그냥 박쥐들. 복주 언니가 탱크 속으로 들어가고 자옥이하고 미애도 차례로 탱크 속으로 들어갔어. 자옥이하고 미애는 나왔는데 복주 언니는 안 나왔어…… 기다려……"

"뭘요?"

"암튼 기다려. 기다리다 보면 네 차례가 올 거야. 차례는 오게 돼 있거든."

"뭘 기다리라는 거예요?"

"너도 곧 들어가게 될 거야. 일자 사다리를 타고."

철계단을 올라가던 나는 경자와 마주친다. 그녀는 나를

보자마자 목쉰 소리로 말한다.

"너, 최 씨하고 그렇고 그런 사이야?"

"그렇고 그런 사이?"

"최 씨는 남자, 너는 여자."

"그런데?"

"남자와 여자가 그렇고 그런 사이면 뻔하지."

"뻔해?"

"최 씨하고 네가 보뽀하는 걸 봤다는 사람이 있어."

"내 눈에 불티가 떨어져서 최 씨가 살펴본 것뿐이야."

"아무 일도 없었던 건 아니네."

"무슨 말이 하고 싶은 거야?"

"너, 조심해."

"뭘?"

"우리가 괜히 남자하고 손이라도 잡았다 들키면 뭐가 되는 줄 알아?"

"뭐가 되는데?"

"비웃음거리가 되지. 둘은 좋아 죽겠어서 그러는 거겠지만 남들 눈에는 추잡스럽게 보일 수 있다는 걸 알아야지."

"혹시나 싶어서 하는 얘긴데 우리 아무 사이도 아니야."

"아무 사이도 아닌 건 아니지. 안 그래?"

그녀의 말이 아주 틀린 건 아니어서 나는 대꾸를 못 한다.

최 씨는 용접공, 나는 불 감시자, 그리고 우리 둘은 짝이니까.

"아무리 조선소에서 하루 벌어 하루 먹고사는 과부여도 쉬운 여자가 되면 안 돼. 쉬운 여자로 소문나면 이놈 저놈이 은근슬쩍 엉덩이를 주물럭거리고, 애인하자며 못살게 군단 말이야."

"너도 과부야?"

"몰랐어?"

"몰랐어."

77

흰 태양 아래 철상자들이 이글이글 끓고 있다. 은빛 아지랑이가 피어올라 철상자들이 일그러져 보인다.

구두 굽 모양의 철상자 위, 갈매기가 날고 있다. 갈매기는 철상자로 떨어지지 않으려 부단히 날갯짓을 하고 있다.

철은 변덕스러워서 금세 뜨거워지고 식는다. 한여름 태양 아래서는 갓 찐 감자처럼 달아오르지만 겨울에는 손이 닿으면 살갗이 들러붙을 만큼 언다. 살짝 닿기만 해도 칼 같은 것에 살이 베이는 느낌이어서 창백하게 얼어 있는 철을 보면 절로 소름이 돋는다.

고무 타는 냄새가 스멀스멀 올라온다. 내 작업화 밑창이 타는 냄새다. 밑창이 고무 재질이어서 한껏 달구어진 철판 위에 서 있으면 쥐 털 같은 연기를 폴폴 날리며 타들어간다.

아직도 철상자를 찾아 부지런히 걸어가고 있는 발판공 무리를 쫓던 나는 철상자 너머 4호 크레인에 눈길을 준다. 세상을 끌어안을 듯 두 팔을 벌리고 서 있는 4호 크레인 꼭대기에는 용접공 정 씨가 둥지를 틀고 살고 있다. 작년 가을 어느 날 정 씨는 4호 크레인에 올랐다. 나는 출근하다, 쌀자루 같은 배낭을 등에 짊어지고 4호 크레인을 엉금엉금 기어오르는 그를 봤다. 조선소 정문을 지나 철상자로 부지런히 걸어가고 있는데 누군가 4호 크레인을 손으로 가리켜 보이며 말했다.

"저거, 사람 아니야?"

철상자로 걸어가던 우리는 약속이나 한 듯 4호 크레인 앞으로 모여들었다. 안전 요원들이 뛰어오고 조금 뒤 경찰차와 119구조대가 왔다. 소방차 세 대가 출동하더니 4호 크레인 앞에 진을 쳤다. 안전 요원들과 경찰들이 그를 향해 당장 내려올 걸 요구했지만 그는 묵묵히 크레인을 올랐고 어느 순간 높이가 35미터나 되는 꼭대기에 깃발처럼 우뚝 서 있었다.

우리는 4호 크레인 꼭대기에 서 있는 정 씨를 구경하다 말고 흩어져 철상자로 들어가야 했는데 반장들이 닦달을 해서였다. "구경 그만하고 일들 해."

내가 잔업을 마치고 밤 9시가 넘어 철상자에서 나왔을 때 정 씨는 여전히 4호 크레인 꼭대기에 서 있었다. 경찰차와 119구조대와 소방차 세 대가 4호 크레인을 포위하듯 둘러싸고 있었고, 랜턴 불빛이 그를 비추고 있었다.

나는 경찰들과 119구조대원들이 자기들끼리 나누는 소리를 들었다.

“뛰어내리진 않겠지.”

“그럴 작정으로 올라갔으면 벌써 뛰어내렸겠지.”

정 씨가 4호 크레인 꼭대기에 둥지를 틀었다는 소식은 마을에서 발행하는 신문에 날 만큼 화제였지만 금세 마을 사람들 관심에서 멀어졌다. 그가 4호 크레인 꼭대기에 둥지를 튼 지 오늘로 279일이다. 진을 치고 있던 소방차들은 철수하고 4호 크레인 밑에는 바리케이드만 쳐져 있다.

정 씨가 4호 크레인 꼭대기에 둥지를 튼 지 열흘쯤 지난 어느 날 나는 분희, 미애, 경자와 함께 그를 보러 갔다. 솜사탕 같은 구름이 내려와 그의 얼굴을 삼키고 있었다.

“정 씨는 조선소 주인을 기다려.” 분희가 말했다.

“저 높은 데서?”

“그래야 조선소 주인이 자신을 만나줄 거라고 생각하거든.”

“조선소 주인이 새라도 된대?” 미애가 물었다.

“조선소 주인이 까마귀라는 소문이 있긴 하지.” 경자가 말했다.

“까마귀? 까악? 까악?”

“내가 도장공이 되던 해, 망치공 하나가 밧줄에 매달려 부채처럼 구겨진 철판에 망치질을 하고 있었어. 철판이 펴지는 게 아니라 오히려 더 흉하게 구겨지고 일그러졌어. 망치 잡은 손을 늘어뜨리고 졸다 깨어난 망치공은 부리에 못을 문 까마귀가 철상자 모서리에 앉아 엄한 얼굴로 자신을 지켜보고 있는 걸 봤어. 까마귀가 조선소 주인이라는 걸 알아차린 망치공은 열심히 일한다는 걸 보여주려 망치질을 멈추지 않았고 망치와 함께 철판 속으로 삼켜졌어."

"못을 부리에 물고 날아가는 까마귀를 나도 봤어. 나뭇가지인 줄 알았는데 녹슨 못이었어." 미애가 말했다.

"못을 부리로 문 까마귀는 울지 않는대. 못을 떨어뜨릴까 봐." 분희가 말했다.

"먹지도 못하겠네?" 미애가 물었다.

"먹을 때는 못을 땅에 꽂아둔대."

"까마귀가 영리해."

"정 씨는 조선소 주인을 왜 기다려?"

"조선소 주인에게 하고 싶은 말이 있으니까. 정 씨가 하고 싶은 말은 하나야. 조선소에서 일하게 해달라는 거."

"일하면 되잖아. 조선소에서 용접공을 뽑는다는 전단지가 마을 전봇대마다 붙어 있던데."

"일하고 싶어도 못 해."

"왜?"

"반장들이 그를 안 써줘서. 그는 찍혔거든."

4호 크레인에 오르기 한 달여 전 정 씨는 자신을 고용한 하청 업체에 근로노동법에 따라 휴업 수당을 달라는 요구를 했다가 조선소에서 쫓겨났다. 그 하청 업체는 자신들이 고용한 다른 노동자들도 똑같은 요구를 하자 폐업 신고를 했다. 하청 업체들은 단지 노동자를 해고하려 폐업 신고를 하기도 한다. 그리고 다시 사업자 등록 신고를 하고 구직 공고를 내 노동자들을 고용하고 조선소에 파견한다.

정 씨가 둥지를 튼 뒤로 4호 크레인은 멈췄다.

나는 불쑥 정 씨가 4호 크레인 꼭대기에 있다는 걸 우리 모두가 까맣게 잊으면 어쩌나 싶다. 한때 조선소 용접공이었던 정 씨가 4호 크레인 위에 있다는 걸 나는, 그리고 우리는 잊곤 한다.

풀 한 포기 없는 4호 크레인 꼭대기에서 정 씨가 굶어죽지 않고 살 수 있는 건 그의 아내 덕분이다. 오후 5시면 그녀는 대나무로 짠 바구니를 들고 조선소를 찾아온다. 그녀는 정문을 지나고, 2호 크레인을 지나고, 철상자들을 지나 4호 크레인으로 걸어간다. 대나무 바구니에는 밥과 반찬들이 담겨 있다. 달걀말이, 콩나물무침, 미역줄기볶음, 감자조림. 제육볶음이나 튀긴 가자미 같은 특별 반찬이 담겨 있기도 하다. 그녀가 4호 크레인 꼭대기를 올려다보며 손을 흔들어 보이면 정 씨는 밧줄을 지상으로 내려보낸다. 밧줄 끝에는 중국집 배달통처럼 생긴 철통이 대롱대롱 매달려 있다. 그녀는 우두커니 기다리고 서 있다 대나무 바구니 속 음식들을 철통 속에 옮겨 담는다. 그녀가 꼭대기를 향해 손을 흔들어 보이면 정 씨는 밧줄을 끌어당긴다. 그녀는 간혹 새 양말이나 속옷, 신문, 잡지, 엽서를 음식들과 함께 철통 속에 넣기도 한다.

'여보, 거기는 바람이 심하게 불지요?'

식사를 마친 정 씨는 빈 그릇과 함께 답장이 담긴 쪽지를 철통에 담아 밧줄로 내려보낸다.

'여보, 바람이 불지 않는 곳은 죽은 곳이야.'

잔업이 없는 날, 나는 4호 크레인을 찾아가곤 한다. 보름도 더 전 내가 철상자에서 나와 찾아갔을 때 정 씨 아내는 철통에 도시락을 옮겨 담고 있었다.

"맛있는 냄새가 나네요."

"닭복음탕을 했거든요."

그녀와 나는 4호 크레인 밑에 쪼그리고 앉아, 밧줄에 매달린 철통이 올라가는 걸 지켜봤다.

철통이 반쯤 올라갔을 때 그녀가 말했다.

"어쩌면 내 남편이 아닐지도 몰라요. 저 위에 있는 남자요. 내 남편은 높은 데를 무서워해서 대관람차도 못 타거든요."

"내 남편도 높은 데를 무서워했어요." 내가 말했다.

"그럼 그쪽 남편도 아니겠네요."

우리는 고개를 쳐들고 말없이 철통이 꼭대기까지 무사히 올라가는 걸 지켜봤다.

4호 크레인 앞에 쪼그리고 앉아 있는 여자와 내 뒤로 푸른 작업복을 입은 사람들이 파도처럼 지나가고 또 지나갔다.

"저 위에 있는 남자가 내 남편이 아니어도 어쩔 수 없어요."

"……"

"누군가는 밥을 해 날라야 저 위에서 굶지 않을 테니까요."

78

철상자를 찾아 떠나기 전날 밤에도 녹은 물방울처럼 가볍고 투명한 물고기 네 마리를 먹었어.

녹은 물고기들을 일회용 플라스틱 접시 위에 나란히 늘어놓았어.

물고기들의 살구빛 아가미가 닫히길 기다렸어.

은빛 비늘들에서 빛이 사라지길 기다렸어.

수줍게 뛰는 보랏빛 심장이 멎길 기다렸어.

마을의 까마귀들이 모두 잠든 깊은 밤, 녹은 물고기들을 한 마리씩 자신의 검은 입속으로 가져갔어.

79

"복주 언니 목소리가 또 들려오네."

깜박, 깜박, 깜박……

"듣기 싫어……"

철기둥 옆에 앵무새 여자가 영혼이 나가버린 표정으로 서 있다. 그녀의 왼손에는 페인트통이, 오른손에는 붓이 들려 있다.

"내가 죽을 뻔했는데 아무도 놀라지 않네."

그녀는 티브이 속 한 번도 보지 못한 낯선 세상인 듯 철상자 안을 둘러보다 쪼그리고 앉는다.

"난 정말 죽을 뻔했단 말이야……"

페인트통이 기울어져 그 안의 초록색 페인트가 쏟아진다. 페인트는 그녀의 작업화 밑창을 적시고 발판과 발판 새로 스며들어 그 아래 망치공의 안전모에 떨어진다. 빛바랜 노란색이던 안전모가 초록색으로 물든다.

"내 손이 어디로 가버리고 망치만 있네."

깜박, 깜박, 깜박……

뱀처럼 길게 늘어진 전선에 매달린 전구 아래, 오 씨가 우두커니 자신의 그림자를 밟고 서 있다.

"나는 날 견디는 것뿐이야."

1초, 1초, 1초…… 그리고 1분, 한 시간, 하루. 나 자신을 견디는 게 가장 힘들어, 날 1초도 견딜 수 없을 것 같은 순간에도 나는 날 견디지. 내가 할 수 있는 게 나 자신을 견디는 것 말고는 아무것도 없으니까."

"1초가 길어, 점점 길어져……"

깜박, 깜박, 깜박……

한순간 전구가 나가고 오 씨가 까마득한 어둠 속으로 사라진다.

깊어지는 어둠 저 위로 분희가 그네를 타며 등장한다.

"난 남편이 있어."

"그래도 날 사랑하는 마음을 멈출 수 없다면 계속 날 사랑해도 돼."

80

"여긴 너무 높아……"

"나 혼자 있으니까 더 높아 보이네……"

"왜 이렇게 마음이 고요해지지……"

"외로운 게 무섭지 않지, 싫지 않지……"

"난 원래 높은 데를 싫어했는데…… 높은 데서 아래를 내려다보면 모든 게 슬퍼 보이니까…… 나무, 길, 집, 호수, 강, 차……"

"내 목소리가 작아지네……"

"내 목소리가……"

"내 목소……"

81

"안 들려."

"삶이 우리에게 왜 이토록 나쁘게 구는 줄 알아?"

"안 들려."

"삶은 미친 사람들에게나 좋은 것이거든."*

"안 들려."

"사람이 되고 싶어?"

"사람이 되고 싶으면 그렇게 해. 사람이 돼봐야 진짜 슬픔을 알 수 있으니까. 진짜 슬픔을 알아야 진짜 사랑을 할 수 있어. 그렇지만 사람이 되면 더 이상 날 사랑하지 않겠지. 네가 날 사랑하는 건 네가 천사여서야."

* 에밀 시오랑, 같은 책.

"사람이 되면 넌 날 떠나겠지."

"안 들려."

"떠나기 전에 날 한 번만 안아줘."

82

“무하마드는 고향에 돌아가지 못했어.”

“무하마드는 둘.”

“무하마드는 셋.”

“너는 전부 무하마드야. 너는 셋, 너는 넷, 너는 다섯.”

“너는 그래서 하나야.”

83

"우리 며칠째 걷고 있는 거야?"

"보름?"

"물이 얼마 안 남았어."

"저게 뭐지?"

두 남자의 한없이 느려진 걸음이 조금 빨라진다.

"신발이야."

"신발 속에 아직 온기가 남아 있어."

"정말, 둥지 속 아기 새처럼 온기 한 움큼이 웅크리고 있네."

"끈이 풀려 있어."

"묶어줘."

"단단히 묶어. 떨어질 때 풀리지 않게."

84

손가락 굵기의 철근 조각 다섯 개가 2층 높이 발판 위에 나란히 놓여 있다. 손가락 길이가 제각각이듯 철근 조각들 길이도 제각각이다.

"내 손가락들."

철근 조각들에 검푸른 선들이 오른다. 선들은 점차 선명한 푸른빛을 띠어간다.

푸른빛에 휩싸여 있던 철근 조각들에 밝은 붉은빛이 돌기 시작한다.

"아름다운 내 손가락들."

85

박 반장이 검정 비닐봉지에서 크림빵 하나를 꺼내 내게 내민다.

"자, 빵이야."

"그러네요, 빵이네요."

"우리 다 먹고 살려고 열심히 일하는 거 아니겠어?"

"우리요?"

"우리, 우리 다."

박 반장은 내게 크림빵을 건네며 지상에 남은 마지막 양식을 베푸는 듯 으스댄다. 간혹 그가 깜박하고 크림빵을 주지 않을 때도 있어서, 나는 진심으로 감사하는 마음으로 빵을 받아든다. 크림빵은 지상에 남은 마지막 양식은 아니지만 잔업이 있는 날 철상자 속 우리가 기대할 수 있는 유일한 양식이다.

"외롭지?"

박 반장이 내게 한쪽 눈을 찡끗해 보인다.

"뭐라고 했어요?"

"나도 외로워."

"안 들려요."

"마누라가 있어도 난 외로운 남자."

"안 들려……"

"외로운 처지끼리 언제 술이나 한잔 하자구."

"안 들려, 안 들려……"

"내숭 떨기는."

박 반장은 또 한쪽 눈을 찡긋해 보이고 나서야 최 씨에게 다가간다.

주말을 포함해 닷새째 잔업이지만 최 씨는 별 불만이 없어 보인다.

"하 사장이 사무실에 한 번 들르라고 전하라더군."

하 사장은 반장들에게 물량을 주는 하청 업체 대표다.

"무슨 일로?"

"자네가 보고 싶은가 보지."

"헛소리 집어치워!"

최 씨는 머리 위에 모자처럼 걸쳐놓은 용접 마스크를 벗고 몸을 일으킨다.

"자네 빵은 여기 두겠네."

박 박장은 크림빵을 최 씨의 연장통 위에 얌전히 올려놓는다.

"참, 내 마누라가 자네 안부를 궁금해하더군. 자네 마누라하고 내 마누라가 오죽 친하게 지냈나. 자네 가족하고 내

가족하고 해수욕장에 놀러갔던 게 엊그제 같군. 그때는 우리 아이들이 병아리처럼 어렸어. 마누라들은 꽃다운 나이였지. 우리는 용접기만 있으면 처자식 열 명쯤은 먹여 살릴 배짱이 있을 만큼 팔팔한 청춘이었고."

박 반장이 히죽 웃는다. 그러고 보니 그도 한때 조선소의 용접공이었다고 정자 언니에게 들은 것 같다.

용접한 곳을 손가락으로 더듬으며 살피는 최 씨를 바라보던 박 반장이 풀 죽은 목소리로 말한다.

"난 자네가 부러워."

최 씨는 대꾸가 없다.

"자네 손가락들은 여전히 멀쩡하니 말이야."

박 반장은 그러고 자신의 오른손 손가락들을 구부려 보인다. 검지와 중지, 두 손가락이 구부러지지 않고 못처럼 뻣뻣하게 버티고 서 있다.

"손가락 병신만 안 됐으면 나도 자네처럼 죽으나 사나 용접 기술로 먹고살고 있겠지. 손가락 병신이 되는 줄도 모르고 무식하게 일했어……"

박 반장이 가려다 말고 타이르는 투로 최 씨에게 이른다.

"하 사장 기다리게 하지 말고 꼭 찾아가봐. 그 친구 성격이 불같은 거 자네도 잘 알지 않나. 한때나마 우린 친구였지…… 자네, 나, 하 사장. 남 별명 짓기를 좋아하던 하 사장은 자네를 무쇠 손이라고 불렀지."

박 반장이 가고 나서야 최 씨는 연장통 위 크림빵을 집어 든다. 용접기를 한쪽으로 밀쳐놓고 철판에 등을 기대고 앉는다. 비닐 포장을 뜯고 크림빵을 한 입 크게 베어 문다.

나는 최 씨와 두어 발짝 떨어진 곳에 자리를 잡고 앉는다. 철판에 등을 기댄다. 철판은 가만히 날 받아준다.

"나쁘지 않네요."

"……"

"철판에 등을 기대는 거요."

"……"

"철판에 등을 기대보는 건 처음이에요."

크림빵을 싼 비닐 포장을 뜯다 말고 나는 최 씨를 바라본다. 크림빵이 들린 투박하고 굵은 잿빛 손가락들이 떨리고 있다. 손등 핏줄들이 흉하게 불거져 있다. 그가 크림빵을 입으로 가져가는 걸, 부르튼 입을 벌리고 크림빵을 크게 베어 무는 걸, 크림빵이 뭉개지며 그 안의 크림이 흘러나와 그의 메마른 입술과 손가락에 묻어나는 걸 묵묵히 바라보던 나는 조심스레 묻는다.

"괜찮아요?"

그가 입속 빵을 되새김질하는 소처럼 씹으며 날 쳐다본다.

"손을 심하게 떠는 것 같아서요."

그때 철상자 어디선가 못 여러 개가 떨어지는 소리가 들려온다.

"손가락들이 나뭇가지처럼 떨리고 있잖아요. 새가 날아가버린 나뭇가지처럼……"

그가 고개를 가로저으며 크림빵을 또 한 입 크게 베어 문다.

"숟가락을 못 들었어요. 조선소 일을 마치고 집에 돌아오면 손이 떨려서요."

나는 크림빵을 조금 베어문다.

"용접공이 되고 싶어 했어요. 용접 기술을 어깨 너머로 배우고 있다고 했어요. 조선소에 손이 무쇠인 용접공이 있는데 용접기 잡는 법을 가르쳐줬다고 했어요."

나는 크림이 입술에 묻어나도록 크림빵을 크게 베어 문다. 크림빵을 먹을 때는 크림이 입술에 묻어나야 한다. 그래야 크림빵이 더 맛있다.

단열공들은 소풍 나온 유치원생들처럼 둥글게 모여 앉아 크림빵을 먹는다. 크림빵을 먹는 동안 안전모는 앙증맞은 유치원 모자가 되고, 땀에 찌든 작업복은 단체로 맞춰 입은 유치원복이 된다. 쇳가루는 풀밭에 우글거리는 개미, 유리가루는 진드기, 나사못은 풍뎅이, 철조각은 벌, 못은 메뚜기, 망치는 다람쥐, 가위는 토끼.

어른들은 아이들만 두고는 어디로 가버렸다. 아이들이 가위로 함석판을 오려 만든 나비와 꽃들과 온갖 동물들이 풀밭 여기저기 흩어져 있다.

"남배 할아버지가 철배를 만들고 있다는 소문이 사실일까요?"

"절대 못 만들걸."

"절대 못 만들 것도 없지."

"철배를 만들려면 설계도가 있어야 해. 설계도 없이는 철배를 만들 수 없어. 배 비슷한 건 만들 수 있겠지만 바다에 뜨지 못하고 가라앉을 거야."

"갈매기는?"

"갈매기?"

"갈매기는 하늘을 날지, 갈매기도 설계도가 있어?"

"그런 소리는 못 들어봤는데."

"개는? 오리는?"

크림빵은 너무 작다. 그새 크림빵을 다 먹은 아이들은 어른들이 자신들만 두고 꼭꼭 숨어버렸다는 걸 그제야 깨닫는다.

4층 높이의 발판에 도장공 셋이 쪼그리고 앉아 있다. 도장공 하나는 손가락으로 손톱을 물어뜯고 있고, 하나는 땀에 젖어 불린 다시마 같은 머리카락을 손으로 쓸어 넘기고 있다. 다른 하나는 휴대전화로 틀린그림찾기 게임을 하고 있다.

"버스가 안 오네."

"버스?"

"우린 아까부터 버스를 기다리고 있었어."

"그래? 난 몰랐어……"

"넌 모른다는 소리를 입에 달고 살더라."

"모르니까…… 난 내가 누군지도 몰라."

"잘 들어. 우린 버스를 기다리고 있어. 우릴 멀리 데려다 줄 버스를. 버스는 언제 올지 몰라. 안 올 수도 있어. 이곳은 너무 외진 데니까. 버스가 우릴 못 보고 가버릴 수도 있어.

우릴 보고도 그냥 지나쳐 가버릴 수도 있어."

"난 어제 울었어."

"난 맨날 울어."

"꽃게해수욕장에서 팔짱 끼고 걸어가던 남자는 누구야?"

"내 애인."

"굼벵이도 구르는 재주가 있다더니 너 애인 있었어?"

"죽고 못 사는 사이는 아니고 조선소 일 없는 날 꽃게해수욕장에서 만나 바다 구경하며 맥주 함께 마시는 사이."

"애인도 있으면서 어제 왜 울었어?"

"꽃이 시들어 있지 뭐야."

"세상 모든 꽃은 시들어. 시들지 않으면 그건 돌멩이지."

"날 바보로 아는 거야?"

"내 말은 그게 울 일은 아니란 말이야."

"꽃이 시들려면 먼저 꽃이 피어야 해. 난 꽃이 핀 줄도 몰랐어."

"무슨 꽃이야?"

"분홍 꽃, 그냥 분홍 꽃……"

"너희는 크림빵 안 먹어?"

"크림빵이 있어야 먹지."

"너희 반장은 크림빵도 안 주고 뭐 한대?"

"일만 시키고 크림빵도 안 주네."

"우릴 우습게 보는 거야. 크림빵이 얼마나 한다고."

"나쁜 놈!"

"그냥 분홍 꽃……"

"넌 다시 태어나면 뭐로 태어나고 싶어?"

"난 다시 태어나고 싶지 않아, 인간으로도, 바위로도, 나무로도…… 별말도 아닌데 괜히 눈물이 나네."

"넌 왜 크림빵 안 먹어?"

"꽃님이 가져다주려고."

"꽃님이? 내 딸 이름하고 같네."

"내 손녀. 여섯 살인데 종일 크림빵 기다려. 꽃님이는 내가 크림빵 사러간 줄 알아. 아들이 이혼해서 내가 데려다 키우고 있어. 딸이 키우던 시추 두 마리도 같이. 내가 조선소에서 일하는 동안 시추들이 꽃님이를 돌봐."

"개들이 애를 돌보네."

"우리 꽃님이는 조선소가 크림빵 만드는 데인 줄 알아."

6층 높이의 발판 위 정자 언니가 홀로 고독하게 앉아 있다. 그녀는 크림빵을 손으로 조금씩 떼어 먹으며 혼잣말을 한다.

"오늘은 내 엄마 영혼이 1년에 한 번 딸들을 만나러 오는 날이야. 난 못 가. 작년에도 못 갔어. 잔업이 있어서 밤 10시까지 페인트칠을 했거든. 그런데 오늘도 잔업이 있네. 올해는 꼭 가려고 했는데. 19년 전 오늘 엄마는 시집 간 딸들에게 나눠줄 팥죽을 한 솥 쑤어놓고 혼자 잠을 자다 세상을 떠났어."

"세상 떠나기 며칠 전에 엄마는 참새 언덕에 올라가 세상을 처음으로 바라봤어."

"엄마가 세상에 대고 말했어."

"세상이 깻잎처럼 작네."

"저 작은 게 무서워서 손가락으로 건드려보지도 못했네."

"우리 엄마가 작다면 작은 거야. 하늘, 바다, 사다리, 죽은 배나무, 대관람차, 못, 철배…… 전부 깻잎처럼 작은 세상 속에 들어 있어."

5층 높이의 발판에 걸터앉아 크림빵을 먹으며 트랜지스터라디오를 듣던 망치공이 목을 위로 뽑아 올리듯 길게 늘이더니 소리친다.

"남쪽에서 태풍이 올라오고 있대!"

철계단을 뛰어내려 오던 남자가 우리 모두를 향해 소리친다.

"대관람차가 돌아가고 있어!"

"기관사가 깨어났나 보네."

"잠들었었어?"

"그는 기관실에서 숲속의 잠자는 미녀처럼 잠을 자."

"미녀?"

"기관사는 남자, 기관사는 미녀. 미녀는 잠꾸러기, 미녀는 잠을 자. 어쩌다 깨어나면 밤새 대관람차를 돌려. 연중행사처럼 1년에 한두 번."

대관람차가 돌아가면 조선소 마을의 모든 것들이 함께 돌아간다. 집, 차, 전봇대, 죽은 배나무, 조선소의 크레인들과 철상자들도.

대관람차가 돌아가는 밤이면 나는 잠들지 못하고 밤새 멀미에 시달린다.

"버스가 안 오네……"

하늘에서 내려다보면 철상자는 모래 알갱이처럼 보일 것이다. 바다에서 불어오는 강력한 바람을 타고 철상자가 날아오른다.

철상자는 우리를 품고 멀리, 멀리 날아간다.

87

"빨간 페인트 두 통 더!"

"내 영혼이 못에 걸려 있네."

"사다리!"

"내 영혼이 딸기처럼 발가벗고 있네."

최 씨가 묻는 눈빛으로 날 쳐다본다.

"그새 날 또 잊은 거예요? 난 불 감시자예요. 아저씨 짝이고요. 오늘부터 아저씨 짝이 됐지요."

그의 얼굴이 일그러진다.

"그렇다고 아저씨 마누라는 아니고요."

크림빵이 들렸을 때 심하게 떨리던 손가락들이, 그보다 백배는 무거운 용접기를 들고는 전혀 떨지 않는다.

문득, 철판에 씌어 있던 낙서가 떠오른다.

무쇠 손가락

무쇠 입

무쇠 이빨

무쇠 밥

무쇠 슬픔

박 반장이 허겁지겁 걸어온다. 기분 나쁜 일이 있는지 얼굴이 울그락불그락한다. 불티가 자신의 작업화로 튀자 고무줄놀이를 하듯 풀쩍 뛰어오른다.

"이봐, 퇴근 전까지 저 위쪽도 마무리지어줘야겠어."

"오늘은 여기 마무리하고, 저 위쪽은 내일 할 거야." 최 씨가 말한다.

"자네는 똑같은 말을 두 번 하게 하는군. 잔업 간식 챙기느라 내일이 작업 검사 날인 걸 깜박했지 뭐야."

물량팀 반장들이 두려워하는 것 중 하나가 작업 검사다. 조선소 주인이 보낸 사람이 철상자에 들어와 검사를 하는데 지적을 받거나 통과를 못하면 물량을 못 받기 때문이다.

최 씨가 고개를 들어 위를 바라본다. 면도날 같은 빛이 새어들어오던 곳이다. 빛은 거두어지고 감회색 어스름만 감돈다.

"꼬박 반나절 일거리야."

"정규직 노동자들에게나 그렇지."

"그럼 자네가 하지 그래."

"마음은 굴뚝이지만 손가락 병신이 돼나서 말이야."

박 반장이 가고, 나는 최 씨에게 조심스레 묻는다.

"저 위까지 할 수 있겠어요?"

최 씨는 내 말을 무시하고 용접 마스크를 쓴다. 나는 신나게 튀는 불티를 바라보다 철상자 안을 둘러본다. 다들 내일 작업 검사가 있는지 미친 듯이 일한다. 철상자에서는 시간이 서너 배 빠르게 돌아간다. 그래서 그 안의 우리는 세상 사람보다 서너 배 빠르게 늙는다. 우리의 얼굴, 손, 폐, 쓸개, 우리의 심장도.

88

"나비가 나갔는지 모르겠어요."

"나비?"

"오후에 나비가 들어왔거든요. 흰나비요. 그 틈으로…… 빛을 타고…… 초록색이었어요. 완두콩보다 짙은 초록색…… 흰나비의 그림자 말이에요."

나는 흰나비는 못 봤지만 그것의 그림자는 봤다. 초록색 그림자가 공중누각 철기둥들 사이를 날아다녔다.

"나비도 꿈을 꿀까요?"

"꾸겠지……"

"정말로 그렇게 생각해요?"

"오이도 꿈을 꾸니까."

"오이소박이 담아 먹는 오이요?"

"여름이면 화분에 오이를 길러 먹던 마누라가 하모니카만큼 자란 오이를 내게 보여주며 모기만 한 소리로 속삭였어. 오이가 지금 꿈을 꾸고 있다고. 오이가 꿈에서 깨어나자 마누라가 물을 주더군. 오이가 길쭉이 늘어나 리코더만해졌어."

"나비가 철상자에 영원히 갇히겠지요."

"아저씨가 그 틈을 막아버리면요."

"나갈 데가 없으니까……"

"출구가 하나 있지만 그곳으로는 우리 인간들만 드나들 수 있으니까요."

89

'추락주의'라고 쓴 경고문이 붙어 있는 난간 옆 발판 위, 앵무새 여자가 쪼그리고 앉아 졸고 있다.

"닭 그림자는 낙타예요."

"낙타 그림자는 왕관이고요."

나는 훌쩍 뒤돌아본다.

"내 그림자는 뭐야?"

"알고 싶어."

"말해줘."

90

그네 위 미애가 눈을 꾹 감았다 뜬다. 작업복 웃옷 주머니에서 휴대전화를 꺼낸다. 눈꺼풀이 반쯤밖에 떠지지 않는 눈으로 액정 화면을 들여다보며 중얼거린다.

"난 울지 않을 거야. 웃으면서 보내줄 거야……"

무쇠 사다리를 오르던 사내가 눈가를 경직시키더니 아래를 내려다본다.

"인간들은 어떻게 됐어?"

"불 보듯 뻔하지. 인간이 당나귀보다 못하니까."

심장에서 손가락까지.

손가락에서 망치까지.

"내가 멀리 있네."

“내가 점점 더 멀어지네.”

“내가 세상에 태어난 이유는 뭘까?”

“내가 살아 있는 이유는 뭘까?”

“난 그냥 돌처럼 세상에 던져진 걸까?”

“어떻게 살아야 하는지 아무도 내게 알려주지 않았어.”

91

철상자에 들끓던 소리들이 하나씩 음소거 되듯 꺼져든다. 다들 마무리 작업을 하느라 정신없다. 전선줄 감는 소리, 철파이프 구르는 소리, 가스통 굴리는 소리, 스패너 같은 공구를 던지는 소리……

"살살 던져!"

거위 부리처럼 튀어나온 발판 아래 통로로 포설공들이 줄지어 지나간다.

오 씨가 새 것으로 갈아 끼워 빛이 유난히 밝은 전구 아래서 방금 전까지 그라인더로 철판을 자르던 사상공은 그새 자리를 뜨고 없다.

"이름이 뭐야?"

"남 이름은 알아서 뭐 하게?"

"조선소에서 만난 것도 인연인데 이름 정도는 알아야 하지 않겠어?"

"무하마드!"

"무하마드!"

"자네 어디 가나?"

"사이렌 울렸잖아요."

"갈 때 가더라도 마무리는 하고 가야지. 가스통 밸브는 잠갔나? 널어놓은 것들도 한쪽으로 치우고…… 사람은 끝이 좋아야 해."

"내 이름 알고 싶어?"

"모르는 것보다 낫겠지. 뭐든 알아서 나쁠 건 없으니까."

"휴우— 이름은 내일 알려줄게. 너무 지쳐서 이름 알려줄 기운도 없네."

"나 먼저 갈게."

"안녕."

"안녕."

"왜 안 가?"

"그냥 기다렸다 같이 가려고."

"기다리는 거야 네 마음이지만 오늘 네가 날 기다렸다고 해서 내일 내가 널 기다려줄 거라는 기대는 하지 마."

철판 모서리를 두 손으로 붙들고 멍하니 앉아 있던 미소가 자신의 귀에도 안 들릴 만큼 희미한 소리로 중얼거린다.

"누가 나 좀 도와줘……"

"마침 잘 만났네. 스카프 사지 마. 스카프 사는 게 취미여서 사두고 한 번도 안 쓴 스카프가 집에 여러 개야. 내일 내가 하나 가져다줄게."

"그러지마."

"왜?"

"스카프 받으면 나도 뭘 줘야 하잖아."

"아무것도 안 줘도 돼."

"그건 네 맘이고."

"하루가 또 갔네……"

"기념으로 술이나 마시러 가자구."

"기념? 오늘이 무슨 날이야?"

"그러게, 오늘이 무슨 날일까?"

"네 이름은 뭐야?"

"내 이름? 없어."

"아직 없어."

"누가 또 노래를 부르네."

"안녕."

"안녕."

92

분희는 그네에서 내려올 생각을 않는다. 노란색 페인트가 발려 번들거리는 철판에 그녀의 그림자가 드리워져 있다.

아무도 그녀에게 그네에서 내려오라고 손짓하지 않는다.

그리고 우리 모두는 그녀가 아직 그네에 있다는 걸 까맣게 잊어버린다.

"새가 또 날아가네."

"새야, 심장을 떨어뜨려줘"

시무룩이 떨구어져 있던 분희의 고개가 들린다. 거위 부리처럼 튀어나온 철판 위에 쪼그리고 앉아 있는 남자를 바라본다.

남자가 접은 무릎에 파묻고 있던 얼굴을 든다. 무릎을 감싸고 있던 두 팔을 풀고 천천히 몸을 일으킨다.

"어머나, 인간이 됐네……"

"정말로 인간이 되면 어떡해."

"난 몰라, 난 책임 못 져."

93

태양이 서쪽으로 기울고, 초승달이 떠올라서야 나는 철상자에서 나온다. 초승달 아래 별 한 점이 떠 있다.

밤 9시가 다 돼가지만 낮이 부쩍 길어져 아직 빛이 남아 있다.

최 씨는 아직 철상자에서 나오지 않았다. 나는 그를 기다리며 작업복에 묻은 쇳가루와 유리가루를 턴다. 먼저 가버려도 되지만 그리고 여전히 그와 짝이 된 게 불만이지만, 오늘은 우리가 짝이 된 첫날이니까, 어쨌든 큰 사고 없이 하루가 무사히 지나갔으니까.

"오늘은 발판공들이 돌아왔을까?"

"돌아올 때가 한참 지났지……"

"내 애인도 있었어."

"애인 두고 고무신 거꾸로 신었네."

"난 노처녀 소리를 들을 때까지 그이를 기다렸어……"

도장공들이 옷을 갈아입으며 나누는 소리가 들려온다. 페인트가 묻은 작업복을 입고 집까지 갈 수는 없는 노릇이어서 그녀들은 노상에서 옷을 갈아입는다.

그녀들은 벗은 작업복을 둘둘 말아 배낭이나 종이 가방에 쑤셔넣고, 땀 냄새에 찌든 작업화를 벗는다. 굽이 낮고 가벼운 단화나 샌들로 바꿔 신지만 그녀들의 발은 한없이 무겁다.

도장공들 뒤쪽에서는 젊은 사내들이 작업복을 벗고 청바지와 티셔츠로 갈아입고 있다. 그들은 작업복 바지를 훌러덩 벗는다. 젊은 사내들이 옷을 갈아입고 조선소를 나서는 건 자신들이 조선소의 하루살이 노동자인 게 부끄럽기 때문이지만, 머리칼을 가지런히 빗고 짙은 향수를 뿌려도 표가 난다. 가죽처럼 질겨진 검누런 얼굴, 쇠 비린내, 공포에 질린 눈동자, 굳은살이 박이고 심줄이 불거진 손, 못 같은 것에 긁힌 상처, 거칠고 메마른 숨소리……

군인처럼 머리를 짧게 깎은 청년이 청바지 지퍼를 올리며 말한다. "난 오늘 죽을 뻔했어."

"어쩌다?"

"철기둥을 고정시키고 있었어. 오늘따라 손이 굳어서 전동 드릴이 자꾸만 헛돌았어. 기분이 이상해서 뒤를 돌아다봤지. 3톤은 나가는 철판이 흘러내리고 있었어. 내가 1초만 늦게 빠져나왔어도 철판이 날 덮쳤을 거야."

"서둘러!"

"왼쪽으로, 왼쪽으로…… 거긴 오른쪽이잖아!"

"걸어 다니지 말고 뛰어!"

신호수와 포설공들이 2호 크레인을 포위하듯 둘러싸고 분주하게 뛰어다닌다.

뚱뚱한 사내가 밧줄 꽁다리를 두 팔로 끌어안듯 잡고서 종종걸음 친다. 달팽이처럼 둘둘 말려 있는 밧줄이 풀어진다. 어부들이 배를 포구에 정박시켜놓을 때 쓰는 제법 굵은 밧줄이다.

"단단히 묶어!"

사내들은 밧줄로 2호 크레인의 발목을 친친 감아나간다.

2호 크레인이 양팔을 십자로 벌리고 어리둥절한 얼굴로 물끄러미 아래를 내려다보고 있다.

흰 갈매기가 2호 크레인 어깨 위에 박제 새처럼 가만히 앉아 있다. 마을 북쪽에서 검은 까마귀가 곧장 날아와 갈매기를 쫓아버리더니 갈매기가 앉았던 자리에 날개를 접고 앉는다.

"태풍은 시계 반대 방향으로만 돌아."

"내 마누라도 시계 반대 방향으로 돌지."

"치와와 말이야?"

"어서 가서 마누라 밥 줘야 하는데."

"태풍이 정말 올라오고 있어요?"

"그렇다잖아."

"하지만 저 구름 좀 봐요. 바늘로 꿰매놓은 주머니처럼 전혀 움직이지 않잖아요."

"그래서?"

"태풍이 올라오고 있으면 바람이 불어야 하잖아요. 바람에 구름이 흘러가야 하고요. 마치 세상이 거대한 철상자 속에 갇힌 듯 바람이 한 점도 안 불잖아요."

"자넨 가위질도 제대로 못하더니 도대체 뭘 모르는군."

"내가 뭘 모른다는 거예요?"

"원래 태풍 전날이 가장 고요한 법이지…… 꾸물거리지 말고 뛰어."

사내들은 허둥거리며 2호 크레인의 종아리에, 허벅지에, 엉덩이에, 허리에 밧줄을 감아나간다.

2호 크레인 어깨 위 까마귀가 날개를 크고 거만하게 펄럭이며 날아오르더니 철상자들을 지나 4호 크레인으로 곧장 날아간다. 한 무리의 사내들이 정 씨가 둥지를 튼 4호 크레인에도 밧줄을 감고 있다. 10년 전쯤 조선소 마을을 휩쓸고 지나간 태풍에 4호 크레인이 쓰러지는 사고가 있었다. 그 후로 태풍이 올라오고 있다는 예보가 있으면 안전 요원들은 포설공과 신호수를 총동원해 크레인들을 밧줄로 친친 동여맨다. 밧줄을 온몸에 감고, 빠르게 흘러가는 구름 아래 서 있는 크레인들을 보고 있으면 『걸리버 여행기』가 떠오른다. 소인(小人)들이 거구의 몸에 감아놓은 밧줄을 끊고 바다로 성큼성큼 걸어 들어갈 것만 같다.

젊은 사내들이 가버리고, 까마귀 50여 마리가 조선소로 몰려온다. 까마귀들은 부리에 못을 하나씩 물고 있다. 녹슨 못, 휘어진 못, 찌그러진 못, 납작 눌린 못, 피 묻은 못, 병아리의 뼈처럼 깨끗한 새 못.

"바람이 조금씩 불기 시작하네."

"내가 위에 대고 스무 번 넘게 말했거든요."

"위에 대고?"

"네, 저 위에 대고요."

"뭐라고 말했는데."

"바람 좀 넣어달라고요."

"그럼 지금 바람이 부는 게 자네 덕분이란 말이야?"

"기다려봐요."

"뭘?"

"좀 이따 눈도 몇 송이 내릴지 몰라요."

"한겨울에도 안 내리는 눈이 오뉴월에 내릴 리가 있나."

"암튼 기다려봐요. 내가 눈도 몇 송이 내려달라고 밀했거든요."

방금 철상자에서 나온 미애가 페인트 묻은 작업복을 벗고 민소매 원피스로 갈아입는다. 사내들이 흘끔거리지만 그녀는 개의치 않는다. 머리에 두른 스카프를 풀더니 손가락으로 머리카락을 빗어 내린다. 파마기가 풀리고 염색이 바랜 머리카락이 뽑혀 손가락에 감긴다. 그녀가 눈빛과 표정을 흐리고 머리카락이 영혼의 부스러기라도 되는 듯 바람에 날린다. 손가락에 달라붙어 떨어지지 않으려는 머리카락까지 그녀는 기어이 날려 보낸다.

"미애야!"

"혜숙이네……" 그녀의 아이라인 문신을 한 눈이 웃는다.

"미애야, 기도는 어떻게 하는 거야?"

"기도……?"

"너는 밤마다 그 여자를 위해 기도하지?"

몇 초 뒤에야 내 말을 알아들은 그녀의 얼굴에 미소가 떠오른다.

"응, 나는 그 여자를 위해 매일 밤 기도해. 정자 언니 말마따나 내가 쓸데없이 오지랖이 넓거든."

"기도는 어떻게 하는 거야?"

"응?"

"나도 어쩔 때 기도 같은 걸 하고 싶은데 어떻게 해야 하는 건지 몰라서……"

"그냥 마음속에 떠오르는 말을 중얼거려……그냥 그냥……"

"그냥 중얼거리면 돼……"

"응, 눈을 감지 않아도 돼. 길을 걸어가면서 해도 돼, 밥을 먹으면서 해도 되고, 화장을 하면서 해도 돼…… 철상자 속에서도 할 수 있어."

"철상자 속에서도?"

"나는 오늘 내내 철상자 속에서 중얼거렸어. 떨어지지 마, 다치지 마, 아프지 마, 나쁜 상상 하지 마……"

"그게 기도야?"

"기도가 별거야?"

나는 그녀에게 그녀의 우크라이나 연인이 오늘 낮에 발판공 무리에 섞여 철상자를 찾아 떠났다는 말을 하려다 만다.

그녀의 손이 들리더니 내 오른 뺨을 어루만진다.

"혜숙아, 방금 널 위해 기도했어."

"뭐라고?"

그녀는 까끌까끌하고 시너 냄새가 코를 톡 쏠 만큼 짙게

밴 손으로 내 뺨을 말없이 어루만지다, 멋쩍어하며 손을 거둬들인다.

"네게 자비를 베풀어달라고, 오늘 밤 네 몸과 영혼이 평안히 잠들게 해달라고…… 안녕."

"안녕."

그녀가 가고, 나는 마음속에 떠오르는 말을 소리 내 중얼거려본다.

"다치지 마."

"아프지 마."

까악—

못 떨어지는 소리.

까악— 까악—

94

“기다렸어요.”

“누굴?”

“누구겠어요.”

“까마귀들이 오늘따라 극성이군.” 최 씨는 딴청이다.

“설마 그새 날 또 잊어버렸어요?”

날 뚫어져라 바라보는 그의 눈가에 경련이 일더니 눈동자가 철상자를 향한다. 나도 철상자를 바라본다.

“아저씨, 저게 정말 철배의 심장일까요?”

“심장이 아니면 뭘 것 같아?”

“심장은 빨개야 하잖아요. 앵두나 사과처럼요. 근데 저 철상자는 그을음을 잔뜩 뒤집어쓴 빛깔이잖아요.”

아들이 초등학교에 다닐 때 할부로 사준 동화책에서 본 심장은 빨간색이었다. 뼈는 흰색, 살은 살구색, 콩팥은 검은색, 폐는 녹색이었다.

“뭘 모르는군. 우리 심장도 저 빛깔이야.”

“우리 심장이 저 빛깔이라고요?”

“7년 전에 세상을 떠난 내 마누라 심장이 저랬거든.”

“어디 아팠어요?”

"암이었어. 수술비하고 입원비가 꽤나 들어서 빚을 잔뜩 남기고 떠났지."

그는 날 철상자 앞에 홀로 세워두고 가버린다.

"누구 기다려?"

자옥이다.

"응……" 나는 얼떨결에 그렇게 대답한다.

"누구?"

"나와 함께 슬퍼할 사람……"

"누구?"

"나와 함께 기뻐할 사람……"

자옥도 가버리고 나는 홀로 철상자 앞에 남겨진다.

나는 철상자를 올려다본다. 자르고, 긁고, 때리고, 뜯고, 지지는 소리로 들끓던 철상자는 침묵에 잠겨 있다.

낮에 그 안에서 길을 잃었던 충격이 큰 걸까. 나는 모두가 떠난 철상자에서 여전히 길을 잃고 헤매고 있는 기분이다. ……전구들이 꺼지고 열기가 식는다. 감아놓은 철사가 풀어진 발판이 삐걱— 삐걱— 소리를 내며 흔들리고, 밸브를 잠그지 않은 아르곤 가스통이 어딘가에 놓여 있다. 그리고 어디선가 선미가 길을 잃고 헤매고 있다.

95

“더는 못 걷겠어.”

“철판이 여전히 늘어나고 있어. 낮 동안 한껏 달아올라서. 밤이 깊어지면 저절로 식으며 줄어들기 시작할 거야.”

“뭘 찾아?”

“여자.”

“아, 여자.”

“여자는 혼자더군.”

“외롭겠네.”

“인간은 누구나 혼자야.”

“혼자 길을 잃고 헤매고 있었어.”

96

나는 철상자에 다가선다. 철상자가 워낙 커서 하늘에서 내려다보면 하루살이 한 마리가 달라붙어 있는 것처럼 보일 것이다.

철상자에 손을 대본다. 약간 더운 기가 느껴진다. 나는 철상자에 가슴을 밀착시키고 오른 뺨을 붙인다. 미애의 손이 아직도 내 뺨을 어루만지고 있는 것 같다. 나는 눈을 감고 숨을 크게 들이마신다. 비릿한 피냄새가 맡아진다. 이상하다. 어째서 쇳덩이에서 피냄새가 나는 걸까.

우리는 세 부류로 나뉜다

김형중
(문학평론가)

1. 철(鐵)

해설을 써야 할 김숨의 신작 『제비심장』이 '조선소 노동자들'을 다루고 있다는 이야기를 전해 들었을 때(원고를 읽기 전이었다), 나는 우선 『철(鐵)』(김숨, 문학과지성사, 2008)부터 다시 읽어야겠다고 생각했다. 신뢰 섞인 기대 때문이었는데, 다른 작가도 아닌 김숨이, 이미 한 번 쓴 적이 있는 이야기를 다시 썼다면, 거기엔 분명 육중한 이유가 있으리란 생각이 들었기 때문이다.

이제 많이들 알다시피 김숨은 문학적으로 (그리고 윤리적으로도) 집요한 작가다. 『L의 운동화』(민음사, 2016) 이후, 그가 써낸 일련의 일본군 '위안부' 피해자 증언 소설들이 그 증거다. 『한 명』(현대문학, 2016), 『군인이 천사가 되기를 바란 적 있는가』(현대문학, 2018), 『숭고함은 나를 들여다보는 거야』(현대문학, 2018), 『흐르는 편지』(현대문학, 2018), 『듣기 시간』(문학실험실, 2021)에 이르기까지, 마치 위안부 피해자 문제에 관한 한 소설로서 할 수 있는 모든 것을 다 해보겠다는 듯, 그는 이 주제를 거듭 고집하고 변주했다. 그리고 『떠도는 땅』(은행나무, 2020)에서는 그 지난한 '듣기 시간'을 통해 얻은 특유의 청각으로 이름 없이 사라져간 중앙아시아 강제 이주 조선인들에게 목소리를 돌려주기도 했다. 그런 김숨이 13년 전 『철』에서 한 번 다룬 적이 있었던 조선소 노동자들의 이야기를 다시 썼단다. 매년 그토록 많은 노동자가 죽어나가는 데도, 제대로 된 중대재해처벌법 하나 만들어내지 못하는 2021년의 한국에서 말이다. 먼저 『철』을 읽었던 것은 (그리고 이 글이 『철』에 대해 길게 이야기하게 된 것도) 그런 이유였다.

『철』은 한국의 1960~1980년대, 그러니까 혹자는 '산업화 시대'라 부르기도 하고 혹자는 '개발 독재기'라 부르기도 하는 시기, 한 '조선소 마을'을 무대로 한 알레고리소설이자 (출간 당시 희귀했던, 그리고 지금까지도 희귀한) 노동소설이다. 요약하자면 이런 줄거리다.

자갈만 나뒹굴던 황무지에 조선소가 건설된다. 그리고

그 조선소 중심에 용광로가 들어선다(산업화 시대의 시작이다). 용광로는 이후로 엄청난 양의 철을 삼키고 뱉어낸다. 때로는 사람을 삼키고 열과 철가루와 녹을 뱉어낸다. 철판을 만들어내기 위해서다. 덕분에 풍요해졌던 마을은 점차로 환경도 인간도 모두 쇠의 기운에 지배당한다.

물론 이 용광로는 생산력의 상징, 자본주의의 심장에 대한 은유이겠다. 그것이 한 번 힘을 발휘하기 시작하면 철은 신물(神物)이 되고 노동은 종교가 된다. '위대한 조선소 노동자'는 모든 마을 남자의 꿈이 되고(산업 역군 운운은 개발독재 시대의 가장 강력한 이데올로기였다), 무쇠 칼은 아내들의 물신(物神)이 된다. 노인들은 너나없이 쇠로 틀니를 만들어 끼우고, 아이들은 쇠공으로 비둘기를 잡는다(난쟁이가 쏘아 올린 쇠공 같은 것은 이 마을에 없다). 심지어 온 삶을 조선소에 바친 한 노동자는 죽어서 철이빨과 철간과 철심장과 철폐와 철위를 가진 '철인'이 되어 철관에 들어가 매장되기도 한다(그는 말하자면 아이언맨인데, 우상은 가장 효율적으로 많은 이들의 자아 이상이 된다).

그러나 이와 같은 열광은 '위대한 철선'의 완공을 만방에 알리겠다고 개최한 '만물박람회'와 함께 끝난다. 녹먼지에 혀와 폐가 굳어 피를 토하며 죽을 지경으로 노동하던 이들은 끝내 '위대한 철선'(그러니까 조국의 번영 따위)을 보지 못한다. 소설 말미, 위대한 철선, 그것은 신기루의 효과였음이 드러난다. 그것의 모습은 이렇다.

> 철선은 '빛'에 휩싸여 있었다. 빛이 너무나 찬란하고 눈부셔서 철선을 제대로 볼 수 없었다. 사람들은 빛 때문에 눈을 제대로 뜰 수조차 없었다.
>
> "과연!"
>
> "위대한 철선!"
>
> "위대한 조선소!"
>
> "위대한 조선소 노동자!" (『철』, p. 176)

> 한순간 전기가 나가며 철선을 휩싸고 있던 빛이 순식간에 사라졌다. 철선이 당연히 놓여 있어야 할 곳은 텅 비어 있었다. (『철』, p. 177)

텅 빈 철선의 자리, 애초부터 부재했던 욕망의 대상-원인, 노동자들은 향유할 수 없는 노동의 결과물…… 그러나 이후에도 사람들은 여전히 철을 신봉하고, 철선의 존재를 의심하는 자는 사라지거나 폐렴 환자로 '규정'되어 수용소에 격리된다. 용광로가 완전히 식을 때까지, 아니 식은 후에도(아직도 그 철의 시대를 신봉하는 이들이 있지 않던가!).

2. 왕국과 영광

그러나 저 문장들을 읽고 철선은 없었다고 말해서는 곤란하다. 철선은 없었던 것이 아니다. 철선은 있었으나, 다만 노동을 종교로 삼은 이들의 "위대한 철선!" "위대한 조선소!" "위대한 조선소 노동자!" 등의 '환호송' 안에만 있었다. '환호송'은 조르조 아감벤으로부터 가져온 말이다. "현대 민주주의는 전적으로 영광에 기반한 민주주의이다. 즉 모든 상상을 초월한 미디어에 의해 증가되고 흩뿌려지는 환호송의 효력에 기반한 민주주의이다"(『왕국과 영광』, 박진우·정문영 옮김, 새물결, 2016, p. 521). 그에 따를 때, 주권자의 영광은 주권자 자신으로부터 기인하지 않는다. 말하자면 주권자는 '벌거벗은 임금님'이고 주권자의 자리는 '빈 왕좌'이다. 다만 확성기와 TV와 라디오(지금이라면 영화와 인터넷)가 그에게 돌리는 영광만이 그를 철의 권력자이게 한다. 그리고 최소한 표면적으로는 한 체제를 다수결에 의거한 민주주의로 보이게 한다. 정확히 『철』이 극화하고 있는 지점이 바로 거기다.

그렇지만 조선소 노동자들조차 조선소의 주인 되는 자가 누구인지 알지 못했다. 조선소 곳곳에 내걸린 파란색 확성기들만이 근면, 성실, 진보, 지향을 외치며 조선소 노동자들을 부리고 있을 뿐이었다. 조선소 노동자들은 다만, 파란색 확성기 저 너머 어딘가에서 조선소의 주인 되는 자가 자신들을 지켜보고 있을 것이라고 믿었다. (『철』, pp. 47~48)

"근면, 성실, 진보, 지향"을 외쳐대는 확성기, 그리고 그 뒤(에 있을 것이라고 상상된) 주권자, 그러나 그의 실체는 없고 왕좌는 비어 있으니, 그는 벌거벗은 임금님이다. '조국의 번영' '산업의 역군' '신성한 노동'의 이데올로기에 호명된 조선소 마을 사람들의 환호송이, 되레 주권자에게 권력을 부여한다. 말하자면 중심이 비어 있는 시스템 자체가 권력이다. 그리고 내 기억이 맞다면 분명 1960~1980년대는 노동 종교의 시대였을뿐만 아니라, 각종 확성기들(새마을운동의 노래, 경제개발 5개년계획, 컬러 TV, 프로 스포츠, 대한뉴스, 올림픽)이 무척이나 시끄럽게 떠들어대던 시대이기도 했다.

3. 보건소와 가정독본

좀 이상한 말처럼 들리겠지만 확성기 외에, 『철』에서 한

가지 더 눈여겨보아야 할 것이 있다면 그것은 '보건소'와 '가정독본'이다. 먼저 보건소……

마을의 조선 노동자들이 하나둘 피를 토한다. 그러면 조선소는 가차 없이 그들의 "노동을 박탈"(『철』, p. 124)한다. 이중의 소외다. 노동의 결과로부터 소외(그들은 자신들이 만든 철선을 끝내 보지 못한다), 그리고 노동 자체로부터의 소외(그들은 떠돌거나 격리된다). 그런데 흥미로운 것은 이중 소외를 당한 그들에게 즉시 나타나는 이들이 보건소 직원들이란 점이다. 그들을 폐병 환자로 ('진단'이 아니라) "규정"하는 것도 보건소고, 그들을 이송해서 완치될 때까지(그런 날은 오지 않는다) 돼지 축사에 격리 수용하는 것도 그들의 일이다. 말하자면 시스템으로부터 이탈한 신체들의 관리자가 바로 보건 권력이다(코로나 바이러스로부터의 안전이 인류 최대의 관심사가 되어버린 이즈음의 상황도 그렇지 않다고는 못 하겠다). 의외인 것은, 살인이 나고, 싸움이 나고, 사이비 종교가 극성을 부려도 끝내 경찰은 나타나지 않는다는 점인데, 마치 이 마을의 권력이 몽땅 법보다는 의료 행정에 주어져 있는 형국이다. 사법을 대신한 보건의 권력화라고나 할까?

그러나 보건소만은 아니다. '가정독본'도 있다. 작중 양순영에게는 이런 습관이 있다.

황개남과 몸을 섞고 난 뒤면 그녀는 부엌에 나와 뜨거운 물로 가랑이를 씻고, 가정독본을 읽었다. 가정독본에는 신혼 첫날밤 신부가 보여야 할 자세에서부터 차 마실 때의 예절, 편지 쓰는 방법, 뜨개질과 바느질 기술, 제사상 차리기 등 가정주부라면 반드시 알아두어야 할 것들이 깨알같이 적혀 있었다. [……] 그녀는 이미 세 번이나 아이를 지운 적이 있었다. 보건소에서는 마을 여자들을 대상으로 중절수술을 해주었다. 한 가정에 한두 명의 자녀를 둘 것을 장려하며 급격히 불어나고 있는 마을 인구를 통제했다. (『철』, p. 43)

보건소에서는 피임 교육과 중절 수술을 통해 마을의 인구를 통제한다. 부녀자들에게 '가정독본'을 배포하고 품행과 예절도 가르친다. 자세와 기술과 품행과 태도는 법의 적용 대상이 아니다. 그것은 규율의 적용 대상이다. 법을 통한 처벌 이전에 규율을 통한 예방, 그러니까 저것은 (푸코에 따를 때) 사법 권력의 통치술이 아니라 규율 권력, 그리고 그와 착종된 생명 권력의 통치술이다.

알다시피 박정희가 대통령이 되자마자(실은 그보다 앞선 1961년 국가재건최고회의 의장 시절에) 가장 먼저 실시한 것이 '가족계획사업'이었고, 죽기 두 해 전인 1977년에 출범

시킨 것이 '건강보험제도'였다. 말하자면 박정희는 절대 권력을 가진 주권자였던 것만이 아니라 통계와 효율에 따라 인구와 환경과 생명에 작용하는 새로운 통치술의 입안자이기도 했던 것이다.

멀리 돌아왔지만 『철』은 분명 '노동소설'의 범주에 속하지만 이전 시대와는 완전히 다른 패러다임 속에서 씌어진 이례적인 노동소설이었다. 그 이례성의 내용은, '폭력적인 주권 권력과 자본가 계급의 탄압 대 노동자 계급의 투쟁'이라는 전대(前代) 이분법과의 결별이었다. 『철』은 그렇게 전대와는 사뭇 달라진 2008년의 시점에서 1960~1980년대 한국의 노동 현장을 재조명한 문제적 노동소설이었던 것이다.

그리고 13년이 지났다. 그동안 우리는 용산참사와 쌍용자동차 사태를 겪었고, 수많은 비정규직 노동자가 어처구니없이 죽어나가는 장면들도 지켜보아야 했다. 반면, 대기업 노동자들의 봉급부르주아화, 신자유주의의 전면화, 전통적 계급 분할의 와해, 이에 따른 노동운동의 대기업 남성 정규직화 같은 현상도 동시에 지켜보아야 했다. 아울러 저간의 노동자 투쟁 속에 여성의 자리라곤 없었다는 사실, 한국의 가장 험한 노동 현장의 위험을 외국인 이주 노동자들에게 싼값에 외주했다는 사실도 확인해야만 했다. 『철』을 셨던 김숨이 다시 한번 조선소로 돌아갈 수밖에 없었던 정황은 그렇게 이해된다. 그는 집요하게 윤리적인 작가니까.

4. 여성, 이방인, 하루살이

우선 『철』의 연장 선상에서 읽게 되는 것들…… '철상자'(화자인 혜숙은 엔진 등 주요 설비가 들어가게 될 이 상자를 철선의 심장이라 부른다) 안의 노동자들 모두가 다 병들고 아프거나 죽는다. 도장공들은 페인트와 시너 탓에 후각을 잃고, 용접공들은 강한 빛과 불꽃 탓에 시각을 잃는다. 포설공들은 전선의 무게 탓에 허리가 나가고, 발판공들은 발판을 만들다 추락한다. 수직으로 선 거대한 철벽의 중력 탓에 수많은 연장과 도구들이 공중을 떠다니고, 녹과 유리 먼지는 폐를 망가뜨린다. 『철』에서와 방불하다.

이 철선의 주인이라는 '사장의 부재'도 『철』과 마찬가지다. 조선소의 주인은 철선을 만드는 법을 모르는 채로도 철선을 소유한 자다. "그는 그냥 조선소 주인의 아들로 태어났"(p. 97)기 때문이다. 노동하지 않는 자가 노동의 결과를 소유하고 노동하는 자는 곧추선 철판의 중력을 이기지 못한 채 한없이 추락하는 부조리도 여전하다. 그러나 『철』과

『제비심장』의 유사점은 여기까지다. 김숨이 보기에 (그래서 이 소설을 썼겠지만) 개발 독재 시대의 노동 현장과 21세기의 노동 현장은 많은 점에서 다르다.

『철』의 경우, 조선소는 견고하고 딱딱하고 범접 불가능한 곳으로 그려진 바 있다. 누구도 벽으로 고립된 그 안에서 일어나는 일을 알지 못한다. 철선의 크기도, 작업의 진행 정도도, 완공 시기도, 사라진 노동자들의 행방도…… 이를테면 『철』의 조선소는 장벽에 의해 보호되는 일종의 성채 같았다(그곳의 노동자가 되는 일은 선별 과정을 필요로 했다. '박탈'도 마찬가지다). 심지어 그 안에서 일하는 노동자들조차 혀가 굳어 그 안에서 일어나는 일을 발설하지 못했다.

그러나 『제비심장』에서는 다르다. 이제 모든 노동자가 철상자 '안에' 있다. 정확히는 하루의 반을 철상자에 갇혀 있다. 입구와 출구가 같은 이곳에서 범접 불가능성은 결국 탈출 불가능성으로 변한다. 그들은 시간도 공간 감각도 없는 철상자 속을 액체처럼 부유한다. 침묵이 지배하던 『철』의 조선소와 달리, 누구의 것인지조차 알 수 없는 수많은 말도 떠다닌다. 고체 근대에서 액체 근대(바우만)로의 이행이랄까?

그래서인지 그 안에서는 자주 길을 잃는다. 철벽에 페인트칠을 하고 그라인딩과 샌딩을 하기 위해 발판이 마련되어 있다지만, 그 높이 탓에 구조는 복잡하고 발판은 멀다. 탈출 불가능한 미로 속에서 작업하는 셈인데, 따라서 한 노동자가 "철상자에서는 나침판이 무용지물"(p. 191)이라고 말할 때, 그 말은 방향 감각을 상실한 채로 유연해지기까지 한 이 나라 자본주의 실태에 대한 은유로 읽히기도 한다.

당연한 말이 되겠지만, 노동자들의 인종 구성과 성별 구성도 『철』에서와는 다르다. 『철』의 경우, 신체 건강한 한국인 남성만이(그래서 작중 꼽추는 영원히 위대한 조선 노동자가 되지 못한다) 조선소 노동자의 자격을 얻을 수 있었다. 그러나 『제비심장』에서는 외국인 이주 노동자들의 비율이 적지 않다. 1992년 노동시장 개방 이후의 상황을 반영한 것일 테지만, 나는 특별히 중력의 영을 거슬러(니체, "모든 선한 것은 가볍고……") 날아오르기 위해 "뼈와 내장이 들여다보이는 투명한 물고기만 먹"(p. 19)던 베트남 출신 발판공 '녹'의 아름다움을 기억한다.

화자인 '나'(혜숙)를 포함해 도장공의 대부분이 오십대를 웃도는 여성이란 점도 지적해둘 만하다. 『철』에서는 여성 인물들이 하나같이 가사 노동만 전담하고 있었단 사실을 감안할 때, 이 역시 눈여겨볼 만한 변화인데, 독자들에게는 특별히 본문 164~66쪽, 거의 세 쪽 분량에 달하는 여성의 비임금 돌봄 노동의 세부 묘사에 주목하기를 권한다. 이

세 쪽만으로도 『제비심장』은 1980년대 (그리고 이후에도) 노동소설에서 완전히 배제되었던 노동의 젠더 문제를 도입했다는 의의를 인정받을 만하다.

그러나 『제비심장』에서 작가 김숨이 주목한 한국 자본주의의 가장 큰 변화는 뭐니 뭐니 해도 '새로운 계급 분할', 정확히는 '계급의 하향 분할'인 듯하다. 가령 이런 수수께끼 같은 대화를 어떻게 이해해야 할까? "반장도 조선소 노동자가 아니야." "그럼 누가 조선소 노동자야?" "우리 중에는 없어. 나는 조선소에서 일한 지 2년이 넘었지만 조선소 노동자를 만난 적이 없어"(p. 96). 답이 필요하다면 아래의 인용문을 주의 깊게 읽어야 한다.

> 조선소에서 철배를 만드는 우리는 세 부류로 나뉜다. 정규직 노동자, 하청 업체에서 파견한 노동자, 하청 업체에서 재하청을 받는 물량팀에서 파견한 노동자. 나는 물량팀 노동자다. [……] 하는 일에 따라 다르게 불리는 우리는 조선소에서 일하지만 조선소에서 임금을 받지 않는다. 박 반장 같은 물량팀 반장들이 우리에게 임금을 준다. 조선소가 아니라 반장들이 우리를 고용했기 때문이다. 조선소에서 하청 업체에 하청을 주는 것은 노동자들을 관리하지 않아도 되는 데다 인건비가 적게 들어서다. 나 같은 물량팀 노동자들은 일당으로 임금

을 받기 때문에 이틀 일거리를 하루에 끝내면 인건비를 절반으로 줄일 수 있다. (pp. 47~48)

1980년대 노동소설에서 노동 계급은 단일 계급이었다. 특히나 대기업 노동자들은 그 규모와 특유의 집단성으로 인해 노동 해방의 전위 부대란 칭호를 마다하지 않았다. 2008년에 출간된 『철』만 해도, 작중 '위대한 조선소 노동자'들 내에 위계는 따로 없었다. 그러나 2021년, 재하청 물량팀 파견 노동자 혜숙의 눈에 노동 계급은 하나가 아니다. 철배의 심장에서 일하지만, 조선소 노동자가 아닌 하청 노동자들, 그래서 그들은 "철상자에는 아무도 없어." "철상자 속 우리는 있으면서 없으니까." "그래서 우리의 죽음도 없어." "하지만 고통은 있어"(p. 217) 같은 말들 속 '예외 상태'의 인간, '호모 사케르'의 지위를 벗어나지 못한다. 노동과 노동 박탈 사이의 비식별역에서 이중 소외에 시달리다 죽어도 그 죽음조차 증명하거나 보상받을 수 없는 존재는 분명 '벌거벗은 생명'이다. 당연히 이런 죽음이 꼭 조선소에서만 일어나라는 법은 없을 것이다. 이런 죽음은 지하철 선로 밑에서, 붕괴하는 건물 밑에서, 안전망 없는 건축 공사장에서 매일매일 일어난다.

5. 안전 요원

이쯤, 『철』에서 보았던 그 보건소 직원들의 행방이 궁금해지는 것도 당연하겠다. 그들이 조선소의 치안을 유지하는 사람들이었으니까. 『제비심장』의 조선소 치안은 누가 유지하는가? 보건소 직원들은 온데간데없고, 대신 등장하는 것이 안전 요원과 '숫자'다. '안전'이란 단어가 새겨진 노란 완장을 찬 그들은 대체로 이런 일들을 한다. "작업이나 작업 환경이 너무 위험하다고 판단되면 작업 현장에 '작업 중지' 스티커를 붙인다." 그럼 노동자들은 "꼼짝없이 작업을 중단해야 한다". 만약 "항의하거나 스티커를 무시하고 작업을 계속하면 안전 요원들은 경고 스티커를 발부한다". 그럼 노동자들은 "꼼짝없이 벌금을 내야 한다"(p. 283). 보건소 직원은 이탈 노동자를 감금 격리했지만 안전요원은 그들에게 스티커를 발부한다. 물론 발부된 스티커는 벌금을 부른다. 말하자면 이것은 사법적 처벌도 아니고 보건적 구금도 아닌 경제적 손해 부과다. 저 하루살이 노동자들에게 말이다.

스티커는 경제적 처벌일 뿐만 아니라 통계, 즉 숫자에 따른 처벌이기도 한데 숫자는 이렇게 작동한다.

"392, 무재해 무사망 392일. 어제는 391, 오늘은 392, 내일은 숫자가 393이 되겠지. 모레는 394가 되고. 그렇게 하루가 갈 때마다 1이 더해지지. 그러다 누가 다치기라도 하면 0이 되지. 그럼 0부터 다시 시작해야겠지."

우리는 조선소에서 일하다 다쳐도 함부로 산업재해 신청을 할 수 없다. 그랬다간 무재해 무사망 0일이 되니까. 그래서 우리 중 누군가 추락해 뼈가 부러져도, 목숨을 잃어도 조선소는 무재해 무사망이다. (p. 249)

통계학은 숫자만을 이해한다. 그러나 숫자 그 자체로는 정말이지 아무 의미도 없다. 응급실에 가지 못한 채 죽은 노동자가 그 숫자 0을 지킨다. 그러나 통계는 숫자 너머의 사연을 셈하는 법을 모른다. 다만 사망률, 사고율, 회복률, 절감 비용, 위험 비용만을 이해한다. 안전 요원들은 그 통계에 따라 안전을 유지하기 위해 스티커를 발부한다. 그러나 바로 그 통계를 유지하기 위해 벌거벗은 생명으로서의 하루살이 노동자들은 다치고 치료받지 못한 채 죽는다. 푸코는 이런 식의 통치를 (사법 메커니즘, 규율 메커니즘과 구분하여) '안전 메커니즘'에 따라 행해지는 '생명 정치', 우리 시대의 경우 정확히 '신자유주의'라고 불렀다.

이제 김숨이 다시 한번 조선소로 돌아간 이유를 온전히

이해할 수 있을 듯하다. 2008년, 시대의 제약에 따라 자신의 노동소설이 결여하고 있었던 것들(물론 1980년대 노동소설은 짐작조차 할 수 없었던), 즉 '젠더'와 '이방인'과 '신자유주의' 같은 우리 시대의 긴급한 문제들과 노동 현장의 문제를 겹쳐 읽기, 아마도 그는 그 작업이 갈급했던 것이리라. 그리고 그 갈급함 덕분에 우리는 2008년의 『철』에 이어 2021년에도, 『제비심장』이라는 '고통스럽고 아름답고 당대적인' 노동소설 한 편을 읽는 행운을 누리게 된 것이리라.

6. 보유: 프롤레타리아의 낮

김숨의 최근 소설들을 거론하면서 그의 문체 변화에 대해 함구하는 것은 공정한 일이 못 된다. 두 편의 '위안부' 피해자 증언 소설(『군인이 천사가 되기를 바란 적 있는가』『숭고함은 나를 들여다보는 거야』)을 쓰면서부터 눈에 띄게 도드라지기 시작한 이런 화법 때문이다.

"날게 내버려둬. 못도, 나사도…… 철사, 발판, 페인트통, 호스, 스패너, 전동 드릴, 죽은 종달새, 안전모, 작업화, 그리고……"

"얼굴." (pp. 45~46)

"내 손이 왜 저렇게 멀찍이 있지?"

"내 손이 망치를 들고 있네."

"망치가 내 손을 놓아주지 않네."

"망치가 내 손을 데리고 달아나네." (p. 76)

첫 인용문의 "철사, 발판, 페인트통, 호스, 스패너, 전동드릴"과 "안전모, 작업화" 사이에 불쑥 끼어든 굵은 고딕체의 "죽은 종달새", 그리고 한 행의 호흡을 요구하며 그 아래 멀리 떨어져 있는 "얼굴"이라는 단어…… 도구들의 명칭으로 이루어진 명사들의 계열체와는 전혀 어울리지 않는 '죽은 종달새'와 '얼굴'이라는 단어로 인해, 저 문장은 마치 초현실주의자들의 '데페이즈망' 기법을 연상시킨다. 두번째 인용문 역시 리듬과 운율로 인해 도저히 산문처럼 읽히지 않는다. 내 의지를 떠나 하나의 도구가 되어버린 '손'에 대한, 말하자면 소외된 노동에 대한 시적 표현이라면 모를까?

다른 문장들도 있다. 니체의 「중력의 영에 대하여」에서 따온 "뛰어오르고, 기어오르고, 춤추는 걸 배우고 와"(p. 34) 같은 문장들, 소로의 『달빛 속을 걷다』에서 따온 "달의 돌에는 하얀 점이 있어서 달이 커지면 커지고 달이 작아지면 줄어든대"(p. 185) 같은 문장들. 이외에도 시오랑, 브레송, 바슐라르…… 덧붙여 분명 1인칭 '나'(혜숙)가 등장함에도 불구하고, 화자의 청각 범위를 넘어서서 허공에 울려 퍼지는 (비극의) 코러스 같은 음성들, 발화 주체를 알 수 없는 채로 철상자 속을 떠다니는 맥락 없는 (그러나 아름다운) 문장들……

나는 김숨의 이런 문체가 이전 몇 작품에서 수행하고 있는 기능에 대해 한두 차례 언급한 적이 있다. 예를 들어 위안부 피해자 증언 소설과 (거의 유령적으로만 개입하면서 증언을 녹취하는) 1인칭 관찰자 시점의 윤리적 겸허함(『듣기 시간』), 수많은 발화자가 갇힌 밀폐된 공간에서 지각에 의해 통제될 수 없는 채로 떠돌아다니는 불수의적 청각 기호들(『떠도는 땅』)의 효과……

그러나 작품의 맥락이 달라지면 같은 문체라도 그 수행적 효과가 달라지는 법, 『제비심장』의 저 문장들은 비유컨

대 소설 속에서 미리(혹은 겨우) 실현된 '프롤레타리아의 밤' 같다. 노동하는 낮과 노동력을 재생산하는 밤으로 분할된 치안의 시간, 그러나 그 밤을 노래하고 시를 쓰고 토론하는 데 쓰기로 작정한 19세기 프랑스의 노동자들이 있었다고 랑시에르는 보고한다(안준범 옮김, 『프롤레타리아의 밤』, 문학동네, 2021). 그런 방식으로 그들은 '노동자다움'의 이름으로 부과된 기율에 저항했다.

니체의 문장으로 질문하고 바슐라르의 문장으로 대답하는 노동자 인물의 등장은 분명 '리얼리즘적 기율'에 어긋난다. 물론 '노동소설'의 기율에도 어긋난다(노동소설은 항상 리얼리스트의 전유물이었으니까). 암묵적으로 그 기율은 이런 것이었다. 노동자는 노동자답게 말할 것(전라도 사투리나 오랜 경험에서 나온 걸걸함 같은 게 섞여 있으면 더할 나위 없다), 오십대 여성 도장공은 니체나 바슐라르의 방식으로는 말하지 말 것(그들의 언어는 지식인이나 소부르주아의 전유물이어왔으니까). 그러나 기율은 그 어떤 좋은 의도에서 나온 것일지라도 선행의 '감성적 분할'을 공고히 하는 데 기여한다. 반대로 모든 훌륭한 문학작품은 기율 안쪽이 아니라 그 바깥쪽을 향해 있다고 나는 믿는 편이다.

『제비심장』의 이런 문장들이 그 증거인데, 나는 이토록 아름답고 절제된 문장으로 말하는 노동자들이 '존재하는'

세상을 어서 보고 싶다. *'여보, 거기는 바람이 심하게 불지요?' '여보, 바람이 불지 않는 곳은 죽은 곳이야'*(p. 312). 작중 4호 크레인 꼭대기에서 279일째 고공 시위 중인 정 씨와 그의 아내가 나눈 쪽지 대화다. 그러나 "한때 조선소 용접공이었던 정 씨가 4호 크레인 위에 있다는 걸 나는, 그리고 우리는 잊곤 한다"(p. 311).

ㅇ참고 및 사례 인용 자료

허환주, 『현대조선 잔혹사』, 후마니타스, 2016.